COLLECTION

ROGER MARX

MÉDAILLES ET PLAQUETTES
MODERNES

CATALOGUE

DES

Médailles & Plaquettes

MODERNES

DE :

BARYE, BORREL, BOTTÉE, ROGER-BLOCHE, BRENNER, CHAPLAIN
CHARPENTIER, CARABIN, CROCÉ-LANCELOT
DANIEL-DUPUIS, DESBOIS, DÉLOYE, DESCHAMPS, DEJEAN
G. DUPRÉ, FRÉMIET, FRANGÈS, GUÉRARD, GAUVIN, HANNAUX, KAUTSCH
LAGRANGE, LEGASTELOIS, H. LEFEBVRE
LECHEVREL, MAC-MONNIÈS, NOCQ, OUDINÉ, PONSCARME
PATEY, PETER, PILLET, ROTY, ROINÉ, ROZET
SICARD, SCHWARTZ, SPICER-SIMSON, TASSET, VERNON, YENCESSE

COLLECTION COMPLÈTE DES MÉDAILLES ET PLAQUETTES ÉDITÉES PAR

La " Société des Amis de la Médaille Française "

PLATRES

DE :

CHARPENTIER, CHAPU, CARABIN, DEVENET, DESBOIS
A.-J. GARDET, ROCHE, ETC.

Faisant partie de la Collection ROGER MARX

ET DONT LA VENTE PAR SUITE DE DÉCÈS
AURA LIEU A PARIS

HOTEL DROUOT, SALLE N° 8

LES LUNDI 22 ET MARDI 23 JUIN 1914, A 2 HEURES

COMMISSAIRES-PRISEURS

Me F. LAIR-DUBREUIL
6, rue Favart

Me HENRI BAUDOIN
10, rue de la Grange-Batelière

EXPERT

M. V. S.-CANALE, GRAVEUR-ÉDITEUR
SUCCESSEUR DE A. GODARD
37, quai de l'Horloge *(Téléphone : Gobelins 19-58)*

EXPOSITION PUBLIQUE

Chez M. V. S.-CANALE : Du 15 au 20 Juin 1914, de 10 heures à 6 heures.
Hôtel Drouot, Salle 8, le Dimanche 21 Juin 1914, de 2 heures à 6 heures.

CONDITIONS DE LA VENTE

Elle sera faite au comptant.

Les adjudicataires paieront *dix pour cent* en sus des enchères.

M. V. S.-CANALE, 37, quai de l'Horloge, se charge d'exécuter les commissions qui lui seront confiées.

ORDRE DES VACATIONS

LE LUNDI 22 JUIN 1914 . . . . Numéros pairs.

LE MARDI 23 JUIN 1914 . . . . Numéros impairs.

La Collection des Amis de la Médaille pourra être vendue en un seul lot.

Paris. — Imprimerie de l'Art, Ch. Berger, 41, rue de la Victoire.

TOUTES LES PIÈCES PORTENT LE POINÇON DE LA

COLLECTION ROGER MARX

Les éléments de ce Catalogue ont été puisés dans les ouvrages de M. Roger Marx : Les Médailleurs Français, Les Médailleurs contemporains, Les Médailleurs modernes, *auxquels nous prions l'amateur de se reporter, ainsi qu'aux Catalogues de M. F. Mazerolle publiés par la* Gazette Numismatique.

V. S.-C.

Les Reproductions sont réduites au 1/3 linéaire ou au 1/9 de surface.

ABRÉVIATIONS

B. *Bronze.*

A. *Argent.*

BA. *Bronze argenté.*

PRÉFACE

Aucune forme d'art ne laissa Roger Marx indifférent : s'il lutta pour les peintres et les sculpteurs qu'il aimait, s'il forma de leurs œuvres une admirable collection, s'il combattit pour « l'art social », il ne dépensa pas une moindre ardeur à défendre les graveurs en médailles.

Roger Marx pensait justement que le plus sûr moyen de légitimer le présent est de montrer comme il continue le passé. Aussi, consacra-t-il de belles pages aux vieux médailleurs de l'ancien régime et profita-t-il, en 1889, de l'Exposition centennale pour étudier ceux du XIXe siècle (1). *Afin de les mieux connaître, lui-même acquit quelques-unes de leurs œuvres, et sa collection comprend, à côté du célèbre* Abandon de tous les privilèges, *par Gatteaux, des médailles de Depaulis ou de Barre.*

*Les goûts de Roger Marx le ramenaient toujours vers ses contemporains, et l'on s'en aperçoit dans son volume sur les médailleurs. La Centennale de 1889 avait arrêté à Oudiné l'histoire de la médaille. Roger Marx voulut montrer comment la glyptique avait évolué depuis ce maître; les pages mêmes qu'il consacre aux soixante premières années du XIXe siècle sont destinées à prouver que les maîtres d'avant-hier préparaient un héritage pour les maîtres d'aujourd'hui. La convention antiquisante de l'époque impériale, voici que, dès 1830, les médailleurs s'en affranchissent: « la réaction romantique et la découverte de la terre de France par l'école de paysage suggérait à Bovy la passion du mouvement, la notation des lointains, la recherche, pour ses inventions, d'un cadre de vraie nature; parallèlement Barye, Gayrard, Desbœufs, sculpteurs et médailleurs tout ensemble, proclament l'unité, la solidarité de l'art, et c'est l'espoir d'un relèvement prochain ». David d'Angers « fait apparaître sous l'anatomie des traits, sous l'ossature d'un crâne, une individualité intellectuelle et morale ». Roger Marx dit ensuite quelle action Oudiné exerça sur ses élèves, Ponscarme, Chaplain, Tasset; et, en fait, parti de la médaille classique, Oudiné peu à peu assouplit son style. Dans l'*Avènement de Napoléon III *ou dans l'*Annexion de la Savoie et du Comté de Nice à la France, *c'est encore avec sécheresse que se découpent les personnages, que tombent les plis; la médaille* Notre-Dame, *que possédait Roger Marx, est traitée déjà avec un sens plus vif du modelé; celle du* Siège de Paris *montre l'évolution*

(1) Roger Marx. *Les Médailleurs français depuis 1789. Notice historique suivie de documents sur la glyptique au XIXe siècle.* Paris, Société de propagation des livres d'art. 1897, in-4°.

achevée. C'est, qu'entre temps, son disciple Ponscarme a fait une véritable révolution : « Suivant une convention surannée, sur le champ, poli comme un miroir, émergeait, en une masse terne, la composition, et c'était entre le sujet et le fond une absence de lien illogique autant que déplaisante. L'ambition vint à M. Ponscarme de les assujettir à la loi d'une enveloppe commune et, avec un plein succès, il s'essaya dans le portrait aujourd'hui historique de Naudet. Une révolution, cette médaille! Le graveur ne s'était pas borné à mater le fond pour obtenir l'unité, l'harmonie; la délicate souplesse du modelé y protestait avec élégance contre l'exagération habituelle des saillies et la dureté des contours. Bien plus, M. Ponscarme s'aventurait à s'affranchir du cadre d'un listel inutile; puis, renonçant à l'emploi des caractères typographiques, vulgaires, sans convenance, il contraignait la légende, par le style approprié des lettres et la variabilité de leur disposition, à prendre le rôle ornemental de l'écriture arabe ou japonaise, à participer par l'effet au pittoresque de l'ensemble (1) ».

La médaille moderne était née. Roger Marx ne pouvait que l'aimer; elle répondait à ses idées.

Comme tous les autres arts, la médaille subit alors l'influence du réalisme. Renonçant à toute convention, les médailleurs s'efforcent avant tout de rendre la nature. Chaplain, dans ses portraits de membres de l'Institut montre, avec une précision parfois cruelle, les déformations que le travail ou l'âge inflige à ces visages; dans ses allégories, les femmes n'ont plus la noble froideur des anciennes abstractions, ce sont des femmes et qui vivent. Les graveurs ne se contentent plus de mater les fonds, mais, après Degeorge, ils composent de véritables paysages : la Gironde, *de Dupuis, s'abrite à l'ombre d'un saule, au bord d'une eau miroitante.*

L'influence de la peinture est, en effet, très vive sur les médailleurs modernes. Roger Marx, persuadé qu'il était de la solidarité nécessaire de tous les arts, ne pouvait qu'applaudir, sinon aux transpositions serviles, du moins aux échanges intelligents. En un temps où Puvis de Chavannes composait ses décorations, les médailleurs, dans l'étroit espace de leurs plaquettes, rêvaient d'enfermer d'aussi vastes harmonies : la Sainte, *de Daniel Dupuis —* Sit propitia Barbara nobis *— est sœur de la sainte Geneviève du Panthéon.*

La liberté, que venaient de conquérir les impressionnistes, séduisit les médailleurs. Des peintres ou des sculpteurs par leurs

(1) *Les Médailleurs français*, pp. 15-18.

essais ne venaient-ils pas donner l'exemple? Michel Cazin, Legros, Raffaëlli, J. Chéret, Prouvé, Pierre Roche et Carabin ne se faisaient-ils pas médailleurs? Roger Marx, qui savait reconnaître les mérites des prix de Rome, aima les tentatives neuves de ces indépendants. Il s'éprit des plaquettes de Charpentier. Celui-ci composait comme un véritable impressionniste, logeait une figure dans un angle, coupait le sujet de façon imprévue, saisissait un mouvement, un geste, croquait une expression; sa technique était large, son modelé vibrant. La médaille s'animait, on eut dit qu'elle perdait sa rigidité métallique. M. Yencesse enveloppait d'atmosphère ses rustiques figures à la Millet ou ses délicieuses Maternités à la Carrière.

Les médailleurs ne se contentent plus alors de la frappe; lorsqu'ils usent du coin d'acier, ils tentent de lui donner plus de douceur, plus de moelleux. Comme Charpentier, ils estampent et repoussent des plaquettes; ils aiment les belles fontes où excelle Liard et qui conservent au métal la souplesse vivante et comme charme de la cire. Roger Marx possédait quelques superbes fontes : des fontes de bronze, entre autres celles des Trois Vieilles, *d'*Hector Berlioz, *de* la Leçon Maternelle. *par Yencesse. de* Mme de Vernon *ou de* Mme Danjard, *par Vernon; des fontes d'étain par Charpentier ou Guérard, et encore le* Pierre-Marie Leprêtre *de M. Cazin, en fonte d'argent.*

Enfin la médaille, comme les autres arts, prétendait concourir à l'embellissement de la vie, acquérir une utilité, devenir un art social. Des médailleurs combinaient des broches, des boucles de ceinture, des pendentifs, des entrées de serrure (1). *Comment Roger Marx n'eut-il pas applaudi à ces efforts?*

Comment ne les eût-il pas aussi encouragés? « Depuis trente ans, écrivait-il (2), *l'art de la médaille s'est transformé. Le public et la critique presque entière se sont d'abord montrés indifférents à cette renaissance. » Roger Marx servit la cause de la médaille par des articles dans le* Studio (3), *l'*Art et Décoration (4), *la* Revue Encyclopédique (5), *la* Revue Universelle (6), *par des albums sur les* Médailleurs modernes en France et à l'Étranger, *les* Médailleurs français contemporains (7). *Il se réjouissait lorsque la médaille*

(1) Cf. sur les serrures de Charpentier. *Art et Décoration*, juillet 1902.
(2) *Les Médailleurs français depuis 1789*. Preface.
(3) 15 octobre 1898, 15 mai 1901, 15 février 1902.
(4) Février et juillet 1902.
(5) 15 février 1894, 25 septembre 1897.
(6) 15 janvier 1902.
(7) H. Laurens, éditeur, in-folio.

était enfin admise au Luxembourg. Dès 1892, il demandait dans le Voltaire *des monnaies nouvelles et, en 1895, vit exaucer son vœu, lorsque le Directeur de ce journal, M. Paul Doumer, devenu Ministre des Finances, confia l'exécution des pièces d'or, d'argent et de bronze à Chaplain, Roty et Daniel Dupuis* (1)*. Roger Marx indiquait au public les médailles qu'il pouvait acquérir au quai Conti, et, esprit pratique, ne négligeait pas d'en dire les prix. Pour donner aux artistes du travail, il fondait la* Société des Amis de la Médaille. *Il suffit d'examiner la série complète qu'il possédait pour se rendre compte du rôle joué par lui. Tous les graveurs qu'il aimait sont représentés : Charpentier, Roche, Carabin, Yencesse, Michel Cazin, Peter, Bottée... Suivant son principe, il s'adresse aux sculpteurs, à Bartholomé, Gréber, Roger Bloche, Segoffin, Nivet ; il charge Paul Jouve de modeler des singes. A l'Exposition Centennale de 1900, qu'il organise, il veut que les médailleurs occupent une place digne d'eux ; il se félicite d'avoir pu réunir 217 œuvres au lieu de 129 en 1889, et il écrit dans un article* (2) *: « La seconde Centennale s'est encore distinguée de son aînée par le développement donné à la section des médailles ».*

La collection même, qui va se trouver dispersée, témoigne de l'amour de Roger Marx pour les belles médailles. On y trouve, à côté de documents qui ont servi à l'historien, des pièces qui satisfaisaient l'artiste. On peut dire que, depuis Ponscarme, tous les grands médailleurs français contemporains sont présents. La curiosité de Roger Marx s'est étendue même à l'étranger, et des Américains, Mac Monnies ou Brenner ; des Autrichiens, Kautsch, Pawlik, Marschall ; un Croate, Frangès, figurent à côté de Chaplain, Roty, Charpentier, Desbois, Vernon, D. Dupuis, Bottée, Guérard, Patey, Yencesse et tant d'autres bons médailleurs.

Il suffira plus tard aux historiens de parcourir les catalogues des ventes Roger Marx pour connaître les noms des plus célèbres peintres, sculpteurs, graveurs, verriers ou médailleurs qui, de 1880 à 1910 environ, illustrèrent la France ; il leur suffira de relire ses ouvrages pour savoir avec quelle passion éclairée Roger Marx, dont le cœur n'était pas moins délicat ni moins sensible que le goût, aima toutes les formes d'art et défendit tous les grands artistes.

LOUIS HAUTECŒUR.

(1) Cf. Roger Marx, *L'Art Social*, p. 95.
(2) Cf. Roger Marx, *Maîtres d'Hier et d'Aujourd'hui*, p. 120.

MÉDAILLES ET PLAQUETTES

ROTY

1 — **Imprimerie Chaix**. Frappe BA. 50 millim.

Face : Statue de Gutenberg. (En caract. goth. : *Et la lumière fut.*

Revers : Inscription : *École professionnelle des jeunes typographes, etc.*

(Première médaille dont l'exécution a été confiée à M. Roty à son retour de Rome.)

2 — **Dîner de la Marmite**. Frappe BA. 51 millim.

Face : Répub. franç. profil gauche. Variante.

Revers : Marmite fumante sur laquelle reposent cuiller à potage, etc.

(Cartouche gravé au nom de Roger Marx.)

3 — **Dîner de la Marmite**. Réduction en 27 millim. A.

Dans le cartouche : *1873-1898.*

4 — **Exposition Internationale d'Électricité** (1881). Frappe BA. 80 millim.

Face : La Science s'élevant au-dessus du globe terrestre.

Revers : Branche de laurier et palme encadrant une inscription : *Jules Grévy, etc.* Motif décoratif très souvent imité depuis lors par les artistes.

5 — **Léon Gambetta** (1883). Frappe BA. 68 millim.

Face : Buste de Léon Gambetta, tête presque de profil gauche.

Revers : Motif décoratif chêne et laurier : *Libertatis amore, etc.*

6 — **Enseignement Secondaire des Jeunes Filles**. Frappe BA. 68 millim.

Face : La France instruisant une jeune fille.

Revers : Enseignement secondaire des jeunes filles, etc...

En bas : Panier à ouvrage.

7 — **Art appliqué à l'Industrie**. Frappe B. 68 millim.

Face : Vulcain soumettant son travail à Minerve.

Revers : Cartouche chêne et laurier.

(Médaille exécutée d'après le dernier envoi de Rome de M. Roty.)

ROTY

8 — **Art appliqué à l'Industrie**. Un cliché bronze.

Face.

9 — **Encouragement à l'Art et à l'Industrie**. Une plaquette bronze. 60 millim. × 42 millim.

Face : Représentant une tête de Minerve et le titre de la Société d'Encouragement à l'Art et à l'Industrie.

Revers : Même sujet que la face du n° 7.

10 — **Maison d'Éducation d'Auberive**. Frappe BA. 45 millim. (*Rare.*)

Face : La Loi remettant la jeune fille en tutelle aux mains de l'Administration.

Revers : Travaux fémininins : Couture, etc.

11 — **Maison d'Éducation d'Auberive.** Frappe BA. 45 millim.

12 — **Henri Bouley**. Frappe BA. 66 millim.

Face : Portrait d'Henri Bouley, profil gauche.

Revers : Haut, femme inoculant un mouton.

Centre : Inscription : *Inspecteur général des Écoles vétérinaires.*

Bas : Emblème de la Médecine. (*Rare.*)

13 — **Union Franco-Américaine**. Frappe BA. 68 millim.

Face : Génie conduisant dans une barque la France et l'Amérique devant la statue de la Liberté.

Revers : Médaillon de Bartholdi, deux écussons, branche de laurier.

Inscription en légende : *Souvenir de l'Indépendance Américaine.*

14 — **La Jeunesse Française à Michel-Eugène Chevreul.** Frappe A. 69 millim.

Face : Buste de Chevreul âgé, profil droit.

Revers : Jeune fille présentant au vieillard une couronne de laurier.

15 — **La Jeunesse Française à Michel-Eugène Chevreul.** En fonte double, par Liard. 98 millim. (*Très rare.*)

ROTY

16 — **Compagnie des Chemins de fer de l'Est Algérien.** Frappe BA. 68 millim. (*Très rare.*)

Face : Au-dessus des nuages, deux jeunes filles représentant Alger et Constantine s'embrassent.

Revers : La Fortune nue, le pied sur une roue ailée et tenant à la main une corne d'abondance.

17 — **Compagnie des Chemins de fer de l'Est Algérien.** Deux galvanos bronze 68 millim. assemblés en sens inverse.

Même désignation qu'au n° 16. Épreuve imparfaite.

18 — **Compagnie des Chemins de fer de l'Est Algérien.** En 78 millim. Fonte double, par Liard. (*Très rare.*)

Même désignation qu'au n° 16.

19 — **Docteur Léon Gosselin** Frappe BA. 58 millim. × 42 millim. (*Rare.*)

Face : Buste de Léon Gosselin coiffé d'une calotte, profil gauche. Au-dessous, inscription : *Président de l'Académie des Sciences, etc.*

Revers : La Chirurgie, assise, médite devant le corps d'une femme étendue sur une table d'opération.

Épreuve mince, limée en rond sur la tranche, d'après les indications de M. O. Roty.

20 — **Assistance Publique**. Frappe BA. 68 millim.

Face : La Bienfaisance confiant l'Humanité souffrante à l'Assistance Publique.

Revers : Cartouche, branche de laurier ; inscription : *Substituer à l'aumône qui dégrade, etc.*

21 — **Compagnie du Canal de Suez**. Frappe BA. 41 millim.

Face : La France, un flambeau à la main, assise sur des ballots de marchandises, tandis qu'une ouvrière lui présente une tirelire.

Revers de lettres.

22 — **Sujet de Tir**. Frappe BA. 50 millim.

Face : République française casquée.

Revers : La République couronnant un jeune homme en costume d'une société de tir.

23 — **Sujet de Tir**. Frappe BA. 41 millim. Semblable au n° 22.

ROTY

24 — **Société de Secours Mutuels**. Frappe BA. 27 millim. (A bélière.)

Face : Une femme donne un titre de pension à un vieillard, et encourage un jeune homme qui lui remet ses économies.

Revers : Cartouche au centre; en légende: *République Française, etc.*

25 — **Association Française pour l'Avancement des Sciences.** Frappe BA. 68 millim. (*Très rare.*)

Face : Une femme assise au pied d'un arbre tient un livre ouvert sur ses genoux. Avec cartouche : *Épreuve d'auteur.*

Revers : La Science montre à la France blessée une ville industrielle lui indiquant que le relèvement est dans le travail.

26 — **Sir John Pope Hennesy.** Frappe BA. 68 millim. (*Rare.*)

Face : Buste à droite de Sir John Pope Hennesy.

Revers : Une femme demi-nue présente des fleurs à un vaisseau qui s'avance.

Légende : *A Sir John Pope Hennesy, gouverneur de l'île Maurice.*

27 — **M. O. Roty à ses Amis.** Frappe BA. 50 millim. × 58 millim.

Face : Dans un paysage boisé, une femme assise sous un arbre tenant un livre sur ses genoux.

Revers : Branche de roses; inscription : *Dédié à mes Chers Amis..., etc.*

28 — **M. O. Roty à ses Amis.** Galvano BA. 105 millim. × 100 millim. Très belle épreuve.

29 — **Hibou.** Frappe A. 32 millim.

Face : République casquée.

Revers : Un hibou perché sur une branche de laurier.

30 — **Hibou.** Frappe A. 21 millim.

31 — **Amour blessé.** Cliché or 30 millim. (Composition ayant obtenu une 3e médaille.)

Face : Au centre d'une couronne de fleurs, Vénus tenant l'Amour blessé sur ses genoux.

ROTY

32 — **Louis Pasteur.** Frappe BA. 68 millim. × 48 millim. (*Rare.*)

Face : Buste à gauche de Pasteur coiffé d'une calotte.

Revers : Branche de roses; inscription : *A. Pasteur, etc.*

33 — **Louis Pasteur.** Cliché face cuivre argenté. (*Rare.*)

34 — **Chambre de Commerce de Lyon.** Frappe A. 41 millim. octogon.

Face : Un génie ailé dévide un cocon.

Revers : Un caducée de branches de laurier; inscription : *Chambre de Commerce de Lyon.*

35 — **Exposition Française de Moscou.** Frappe BA. 63 millim. (*Très rare.*)

Face : La Ville de Moscou accueillant le génie français.

Revers : Deux écussons France et Russie entourés de lierre et laurier; inscription : *Exposition Française à Moscou.*

Cartouche avec goujon : Épreuve d'auteur.

36 — **Diner offert par M. H. Lozé aux fonctionnaires de la Préfecture de Police.** Frappe BA. 59 millim. × 43 millim. B. (*Très rare.*)

Face : La Police à demi retournée regarde sur Paris, écoute et veille.

Revers : Menu du diner du 11 mars 1893.

37 — **Jeton de l'Institut Pasteur.** Frappe A. 21 millim.

Face : Buste à gauche de Pasteur coiffé d'une calotte.

Revers : Inscription en creux : *Pour la Science, la Patrie, l'Humanité*, coupée par un flambeau.

38 — **Jeton de l'Institut Pasteur.** Frappe A. 21 millim.

39 — **Cinquantenaire de la Fondation de la Maison Christofle.** Frappe A. 59 millim. × 95 millim.

Face divisée en trois compartiments : Au centre, la Science élevant un vase devant Charles Christofle assis; à droite, un génie personnifiant l'Art; à gauche, un génie personnifiant l'Industrie.

Revers : A gauche, ouvrier argenteur; au centre, inscription; à droite, ouvrier ciseleur (Portrait de O. Roty). (Une des premières épreuves.)

ROTY

40 — **Maternité. Baptême de J.-G. Roty.** Frappe A. 36 millim. (*Rare.*)

Face : Une jeune femme, à mi-corps, embrassant son enfant.

Revers : Au centre d'une couronne de fleurs, inscription en relief : *En Souvenir du Baptême, etc.*

41 — **Aux Combattants de Nuits.** Frappe BA. 50 millim.

Face : Un drapeau avec une branche de laurier et entouré de rayons.

Revers : Vues de lignes de chemin de fer aux rails brisés, fils télégraphiques arrachés.

42 — **Exposition Internationale de Chicago en 1893.** Frappe. BA. 50 millim. × 58 millim.

Face : La France, coiffée du bonnet phrygien, serre la main à un petit génie ailée.

Revers : Trophée composé de branches de laurier et d'attributs.

Épreuve frappée avec nom en relief : *Roger Marx.*

43 — **Le Vin Mariani.** Frappe A. 52 millim. × 38 millim.

Face : Une nymphe, assise sous un chêne, tient sur ses genoux l'Amour fatigué, auquel elle verse une coupe de vin Mariani pour le ranimer.

Revers : Une bouteille de Mariani autour de laquelle s'enroule une branche de la plante la Coca.

44 — **Jeton de M. Angelo Mariani.** Frappe A. 30 millim.

Face : Buste à gauche de M. Angelo Mariani coiffé d'un chapeau mou.

Revers : Le sujet face de la plaquette : *Le Vin Mariani*, entouré d'une couronne de fleurs de coca.

45 — **25ᵉ Anniversaire de la Guerre.** Frappe BA. 36 millim.

Face : Buste à gauche de la France laurée et voilée, légende : *Patria non immemor.*

Revers : Un coq chantant au milieu de la campagne éclairée par le soleil levant.

46 — **25ᵉ Anniversaire de la Guerre.** Frappe or, 20 millim. sous le coup de la frappe.

ROTY

47 — **25e Anniversaire de la Guerre.** Frappe A. 20 millim.

Avec revers faisceaux.

Le côté : Coq chantant devant le soleil. Servant de face.

48 — **Médaille de Mariage « Semper ».** Frappe BA. 41 millim.

Face : Deux fiancés se prêtant mutuellement serment.

Revers : Statue de l'Amour debout sur une fontaine.

(*Ne se frappe plus en bronze.*)

49 — **Instruction Primaire.** Frappe BA. 50 millim.

Face : Une femme, personnifiant l'Instruction Primaire, accueille deux petits écoliers.

Revers : Cartouche entouré d'une couronne de palmes.

50 — **Exposition Nationale et Coloniale de Rouen.** Frappe BA. 68 millim.

Paysage normand : au premier plan, femme assise sous un arbre et tricotant.

Revers : Perspective de Rouen et de ses environs.

51 — **Actes de Dévouement.** Cliché face argent. 27 millim.

Tête à gauche de la République Française, laurée

52 — **Médaille de l'Administration Pénitentiaire.** Frappe BA. 27 millim. (A bélière.)

Face : Buste de la République cuirassée et casquée.

Revers : Un cartouche surmonté d'une étoile rayonnante.

53 — **La Vierge.** Frappe A. 17 millim.

Face : La Vierge tenant l'Enfant Jésus appuyé contre son sein.

Revers : Branches de lis ; inscription : *Virgo Sancta, etc.*

(*Epreuve très rare.* Ne se frappe jamais en argent, toujours en or.)

54 — **Jeanne d'Arc.** Frappe A. 46 millim.

Face : Jeanne d'Arc à mi-corps, sur le bûcher, entourée de flammes et regardant le ciel.

Revers : Jeanne d'Arc regarde saint Michel qui lui présente une épée.

(*Epreuve rare.* Ne se frappe plus sans une auréole autour de la tête de Jeanne d'Arc.)

ROTY

55 — **Visite des Souverains Russes à Versailles.** Frappe BA. 60 millim. × 42 millim. (*Rare.*)

Face : Un génie ailé envoie un baiser à l'adresse de la Russie.

Revers : Vue perspective du Château et du Palais de Versailles prise du Bassin de Neptune.

56 — **M. Boutmy.** 60 millim. × 43 millim. Frappe BA.

Face : Buste à droite de M. Boutmy, Fondateur et Directeur de l'École des Sciences politiques.

Revers : La France, la tête radiée, tenant un drapeau, dépose une couronne sur la chaire de M. Boutmy.

57 — **Jeune Femme grecque à la toilette.** Médaillon ovale, galvano argenté. 72 millim. × 52 millim. Très belle épreuve.

Femme à moitié nue, vue de dos, tordant ses cheveux; devant elle une vasque.

(*N° 1. Pl. II.*)

58 — **Faune dansant avec une Nymphe.** Galvano argenté. 100 millim. Très belle épreuve

Un faune danse avec une nymphe. La composition est entourée d'une bordure de lierre. Exécuté à Rome.

59 — **M. et Mme Boulanger.** Fonte simple, par Liard. Très belle patine. Une des premières épreuves. 140 millim. × 100 millim. (*Très rare.*)

Bustes superposés à droite. Sur la plinthe de la plaquette, l'inscription : *Ferrures, Porte Cent. Notre-Dame-de-Paris, etc...*

60 — **Georges Duplessis.** Fonte double, par Liard. Une des premières épreuves. 130 millim. × 190 millim. (*Épr. rare.*)

Face : Buste à gauche de M. G. Duplessis, Conservateur du Département des Estampes.

Revers : Une femme personnifiant la Gravure examine une estampe.

Très belle patine.

61 — **Charles Piet-Lataudrie.** Fonte double de Liard. 14 millim. × 57 millim. (*Très rare.*)

Face : Buste à droite de M. Piet-Lataudrie.

Revers : Un philosophe grec assis au pied d'un Terme.

(*Revers n° 4. Pl. II.*)

ROTY

62 — **Les Parents de M. O. Roty**. Fonte simple de Liard. 139 millim. × 169 millim.

Bustes affrontés de J.-B. Roty et de Mme Roty.

Sur la plinthe : *Ut fido amore, etc...* (Une des premières épreuves, *très rare, très belle patine.*)

63 — **Vénus couchee**. Galvano argenté 91 millim. × 176 millim. Très belle épreuve.

Vénus couchée, sur des nuages, pressant l'Amour contre son sein.

(*No 5. Pl. II.*)

64 — **Bergère assise**. Galvano bronze argenté. 64 millim. × 100 millim. Très belle épreuve.

Une bergère, assise sur une pierre, surveille son troupeau.

(*No 2. Pl. II.*)

65 — **Bergère debout**. Galvano bronze argenté. 64 millim. × 100 millim. Très belle épreuve.

Une bergère appuyée contre un arbre, tricote : à droite, des moutons paissant.

(*No 3. Pl. II.*)

66 — **Colonel Laussedat**. Frappe BA. 50 millim. (*Épr. rare.*)

Face : Buste à droite du colonel Laussedat.

Revers : Inscription : *Officier du génie, etc...*

67 — **Edmond Rousse**. Frappe BA. 65 millim. × 44 millim.

Face : Buste à gauche de M. Rousse, membre de l'Académie française.

Revers : Inscription : *Au Bâtonnier de 1870-71, etc.*

En bas : Vues du Palais de Justice et de l'Institut séparées par une branche de laurier.

68 — **Charles Périer**. Frappe BA. 60 millim. × 43 millim.

Face : Buste à gauche de M. Charles Périer, Membre de l'Académie de Médecine.

Revers : Une femme (la Chirurgie) applique un pansement sur le front d'une blessée.

ROTY

69 — **Encouragement à l'Art et à l'Industrie.** Frappe argent. 60 millim. × 42 millim.

Même désignation que le n° 9.

(Cette plaquette est gravée au nom de Roger Marx, Membre honoraire de la Société d'Encouragement à l'Art et à l'Industrie.)

70 — **Funérailles de Carnot.** Frappe BA. 81 millim. × 58 millim.

Face : La France en deuil devant le lit de mort du Président Carnot.

Revers : Les Douleurs portant le cercueil au Panthéon qui se dessine dans le lointain.

71 — **Cinquantenaire de l'École Française d'Athènes.** Frappe BA. 59 millim.

Face : Assise au milieu de ruines, une femme contemple une statuette qu'elle a trouvée.

Revers : En haut, vue du Parthénon ; en bas, vue de l'École française d'Athènes, palme, branche de laurier.

72 — **L.-H. Farabeuf.** Frappe BA. 61 millim. × 43 millim. (*Rare.*)

Face : Buste à gauche de M. Farabeuf, professeur d'anatomie à la Faculté de Médecine.

Revers : Une femme prenant des notes devant un cadavre étendu sur une table de dissection.

73 — **Union Centrale des Arts Décoratifs.** Frappe BA. 67 millim. × 47 millim.

Face : Une femme, demi-nue, assise, s'apprête à dessiner un paysage.

Revers : Une corbeille surmontée de deux couronnes de laurier. Inscription : *Union centrale des Arts décoratifs.*

(Cette épreuve est gravée au nom de M. Roger Marx.)

74 — **Exposition Universelle de 1900.** Frappe BA. 51 millim. × 36 millim.

Face : Un génie ailé enlève des mains d'une femme mourante un flambeau.

Revers : En haut, roses et laurier sur des nuages ; en bas, vue du Petit et Grand Palais.

ROTY

75 — **Exposition Universelle de 1900**. Frappe BA. 51 millim. × 36 millim.

Même désignation qu'au n° 74.

76 — **Inauguration des Prisons de Fresnes**. Frappe BA. 59 millim. × 80 millim.

Face : Le champ est divisé en trois parties : 1° un prisonnier assis sur une chaise et pleurant ; 2° un prisonnier au travail ; 3° une femme et un enfant parlant au prisonnier.

Revers : Un prisonnier accompagné de sa femme et de son enfant quitte la prison.

77 — **Assemblée Générale des Actionnaires du P.-L.-M.** Frappe A. 60 millim. × 45 millim.

Face : Un génie ailé unissant une jeune femme portant des fleurs à deux autres femmes (Paris et Lyon).

Revers : Façade de la nouvelle gare de Lyon, à Paris.

78 — **Paul Brouardel**. Frappe B. 70 millim. × 50 millim. (*Rare.*)

Face : Portrait à gauche de M. Brouardel ; sur la plinthe, la déesse Hygie assise devant la Faculté de Médecine.

Revers : La Science découvre la Vérité devant une table de dissection sur laquelle est étendu un cadavre.

(*N° 6. Pl. II.*)

78 *bis* — **Expédition de Chine et du Tonkin**. Frappe A. 32 millim. (A bélière.)

Face : Buste de la République coiffée du bonnet phrygien et laurée.

Revers : Un drapeau, une branche de laurier ; en légende : *Expédition de Chine et du Tonkin.*

79 — **République Française**. Frappe A. 55 millim.

Face : Buste de la République coiffée du bonnet phrygien et laurée.

Revers : Couronne chêne et laurier.

80 — **La Peinture**. Galvano bronze. 66 millim.

Une femme nue, assise de profil gauche, tient sa palette et ses pinceaux ; en légende : *Membre de l'Institut, etc.*

Revers de Lenepveu.

ROTY

81 — **La Pointure**. Galvano argenté. 66 millim.

Même désignation qu'au n° 80, mais sans legende.

82 — **République Française**. Fonte de bronze, par Liard, 130 millim.

Buste à gauche de la République Française cuirassée et portant un casque lauré et ailé.

83 — **M. et Mme Goubert**. Galvano assemblé BA. 38 millim. (*Très rare.*)

Face : Bustes à gauche de M. et Mme Goubert superposés.
Revers : Une branche de chêne.

84 — **Club Alpin Français**. Galvanos bronze. 62 millim. × 45 millim. Assemblés en sens inverse.

Face : Une femme montre à un alpiniste le chemin à travers la montagne.
Revers : Dans un paysage montagneux, un génie ailé, assis, contemple la flore des montagnes.

85 — **Club Alpin Français**. Deux galvanos. Revers.

86 — **Monnaie d'argent :** La Semeuse, pied-fort. 2 fr. (*Rare.*)

87 — **Monnaie d'argent** : La Semeuse, pied-fort. 1 franc. (*Rare.*)

88 — **Monnaie d'argent :** La Semeuse, pied-fort. 0 fr. 50. (*Rare.*)

MÉDAILLES

éditées par la

Société des Amis de la Médaille Française[1]

La Société des Amis de la Médaille Française a été fondée en 1899 sur l'initiative de M. Roger-Marx. La Société a été dissoute il y a quelques années.

Cette Société avait pour but : « *d'encourager l'art du médailleur et d'en répandre le goût en éditant des médailles destinées à ses membres* ».

Le nombre des membres de la Société était de deux cent cinquante environ.

Suivant l'article X des Statuts : « § 2. Les instruments de frappe déposés à la Monnaie seront offerts au Musée de la Monnaie contre l'engagement écrit et formel de n'en point faire usage. »

89 — **Jeunesse**, par Legastelois. Frappe B. 60 millim. × 47 millim. N° 57. Exercice 1899.

Face : Buste à droite de jeune fille.

Revers : Iris.

90 — **Jeunesse**, par Legastelois. Cliché face bronze argenté.

91 — **Junon**, par Levillain. Frappe BA. 47 millim. N° 101. Exercice 1899.

Face : Sur des nuages une femme, entourée de voiles, soulève une tête coupée dont les gouttes de sang retombent sur un paon.

Revers : Une femme nue assise sous un arbre, la tête dans ses mains.

92 — **La Maternité**, par Charpentier. Frappe BA. 80 millim. × 52 millim. N° 85. Exercice 1899.

Face : Une jeune mère assise sur une chaise donne le sein à son enfant.

Revers : Buste à droite d'une fillette.

1. Cette collection pourra être vendue en un seul lot. (*Mise à prix : 1.500 fr.*)

93 — **La Toilette,** par O. Roty. Frappe B. 70 millim. × 34 millim. N° 7. Exercice 1899.

Face : Une femme demi-nue, vue de dos, tordant ses cheveux devant une vasque.

Revers : Un miroir, une branche de laurier reposant sur des nuages.

94 — **La Musique guerrière,** par Niclausse. Frappe BA. 60 millim. N° 127. Exercice 1900.

Face : Tête de femme à gauche, cheveux au vent, entonnant un hymne guerrier.

Revers : Un guerrier romain armé s'élance, guidé par la Musique guerrière.

95 — **La Musique guerrière,** par Niclausse. Cliché BA. Revers. Exercice 1900.

96 — **Daniel Dupuis,** par lui-même. Frappe B. 50 millim. N° 208. Exercice 1900.

Face : Buste à gauche de Daniel Dupuis.

Revers : Un génie ailé, assis sur des nuages, tient d'une main un flambeau, de l'autre une branche de laurier.

97 — **Souvenir de l'Exposition de 1900,** par Roiné. Frappe BA. 69 millim. × 54 millim. N° 162. Exercice 1900.

Face : Reproduction du tableau de Besnard : La France accueille le génie des Deux Mondes.

Revers : Vue générale de Paris, du pont Alexandre III à la Tour Eiffel.

98 — **Loïe Fuller,** par Roche. Frappe B. 71 millim. N° 100. Exercice 1900.

Face : Loïe Fuller dans une de ses danses.

Revers : Inscription : *Un être qui n'était que lumière, or et gaze.* (Baulaire.)

99 — **Combat de cerfs,** par Gardet. Frappe B. 95 millim. × 59 millim. N° 151. Exercice 1900.

Face : A l'orée d'un bois, deux cerfs se combattent.

Revers : Dans une forêt une biche entourée de ses petits.

100 — **La Danse**, par Carabin. Frappe B. 50 millim. N° 189. Exercice 1901.

Face : Une Danseuse, de face, se dispose pour la danse.
Revers : Deux couples de danseurs.

101 — **Médaille de la Société**, par Charpentier. Frappe B. 71 millim. × 66 millim. N° 101. Exercice 1901.

Face : Une femme nue, examinant une plaquette qu'elle tient à la main.
Revers : Un groupe de quatre amateurs admirant une médaille.

102 — **Les deux Ages de la Vie**, par Yencesse. Frappe B. 60 millim. N° 158. Exercice 1901.

Face : Une femme âgée, assise sur une chaise, tricote devant l'atre.
Revers : Une fillette jouant avec des chats.

103 — **Voici mes Bijoux**, par Nocq. Frappe B. 52 millim. N° 203. Exercice 1901.

Face : Une jeune mère tient sur ses genoux deux petits enfants.
Revers : Un berceau et jouets d'enfants.

104 — **Solidarité**, par Vernon. Frappe B. 75 millim. × 53 millim. N° 215. Exercice 1901.

Face : Près d'une enclume, deux forgerons se prêtent serment d'amitié.

Revers : Une jeune femme assiste une jeune mère tenant son enfant dans ses bras.

105 — **Amphitrite**, par Desbois. Frappe B. 40 millim. N° 194. Exercice 1902.

Face : Amphitrite, assise sur un monstre marin, s'avance sur les flots.
Revers : Une baigneuse dans l'eau jusqu'aux épaules.

106 — **Cléopâtre**, par Frémiet. Frappe B. 93 millim × 66 millim. N° 95. Exercice 1902.

Face : Cléopâtre ; à droite et à gauche, symboles égyptiens.
Revers : Cléopâtre faisant une promenade à dos d'éléphant.

107 — **La Bretagne**, par Dufresne. Frappe B. 55 millim. N° 165. Exercice 1902.

Face : Une paysanne en costume régional.
Revers : Calvaire breton devant l'Océan.

108 — **Jeunes Aveugles**, par Lefebvre. Frappe B. 80 millim. × 68 millim. N° 159. Exercice 1902.

Face : Un groupe de jeunes filles aveugles écoutant une de leur compagne jouant de la cithare.

Revers : Une aveugle frappe à la porte d'un asile.

109 — **La Glyptique**, par Dupré. Frappe B. 65 millim. N° 125. Exercice 1092.

Face : Un artiste graveur en médailles assis à son établi. (Portrait de l'auteur.)

Revers : Deux femmes admirant une médaille.

110 — **Le Printemps**, par Dejean. Frappe B. 60 millim. N° 173. Exercice 1903.

Face : Deux jeunes gens présentés de face.

Revers : Jeune femme nue.

111 — **L'Accalmie**, par Michel-Cazin. Frappe B. 80 millim. × 65 millim. N° 119. Exercice 1903.

Face : Une vieille femme et un homme regardant la mer après la tempête.

Revers : Épave échouée.

112 — **Les Forgerons**, par Loiseau-Bailly. Frappe B. 80 millim. × 50 millim. N° 163. Exercice 1903.

Face : Ouvriers forgeant une chaine.

Revers : Ouvriers étirant des barres de fer.

113 — **Les Jeunes enfants**, par Pillet. Frappe B. 65 millim. × 53 millim. N° 145. Exercice 1903.

Face : Jeune mère et son enfant.

Revers : Enfants dansant une ronde dans un parc.

114 — **Le Bain**, par Lafleur. Frappe B. 71 millim. × 40 millim. N° 150. Exercice 1903.

Face : Femme nue se baignant dans un fleuve.

Revers : Femme se peignant.

115 — **Conservation des forêts**, par Cros. Frappe B. 60 millim. N° 211. Exercice 1904.

Face : La déesse des forets arrête un Centaure se ruant contre un arbre.

Revers : Buste nu de la déesse entouré d'une couronne de chêne et lierre.

116 — **La Moisson**, par Dampt. Frappe B. 60 millim. N° 190. Exercice 1904.

Face : Moissonneuse entourée d'épis, tenant une faucille sur son épaule.

Revers : Dans les champs, au soleil couchant, un laboureur conduit la charrue.

117 — **L'Histoire enregistre les découvertes de l'Archéologie**, par Lechevrel. Frappe B. 80 millim. × 70 millim. N° 121. Exercice 1904.

Revers : Dans un paysage se dresse une statue antique.

118 — **L'Histoire enregistre**... Galv. 124 millim. × 107 millim. Exercice 1904.

Grand modèle face de la plaquette. N° 117.

119 — **Caresses**, par Yencesse. Frappe B. 45 millim. N° 148. Exercice 1904.

Face : Jeune mère recevant les caresses de son enfant.

Revers : Branche de pommier en fleurs.

120 — **Lion et Taureau**, par Peter. Frappe B. 65 millim. N° 176. Exercice 1904.

Face : Lion terrassant un taureau.

Revers : Une Lionne sur un arbre regarde s'ébattre deux lionceaux.

121 — **Le Rêve du Travailleur**, par Segoffin. Frappe B. 68 millim. N° 113. Exercice 1905.

Face : Le Travailleur, assis au pied d'un arbre, poursuit une rêverie.

Revers : La Mort du Travailleur.

122 — **La Pierre**, par A. Charpentier. Frappe B. 75 millim. × 62 millim. N° 136. Exercice 1905.

Face : Un groupe de trois tailleurs de pierre au travail.

Revers : Deux maçons plaçant une pierre.

123 — **Tendres Amants**, par Bartholomé. Frappe B. 80 millim. × 63 millim. N° 93. Exercice 1905.

Face : Deux jeunes amants, environnés d'épis, se prêtent serment.

Revers : Phrase musicale : *Parez vos fronts, etc....* dans un cadre de fleurs.

124 — **Aux Poètes sans gloire**, par Bottée. Frappe B. 90 millim. N° 152. Exercice 1905.

Face : La Poésie, la lyre couronnée d'épines, porte une couronne mortuaire.

Revers : Les Muses apportant leurs souvenirs sur la tombe du poète.

125 — **Soldats**, par Roger Bloche. Frappe B. 80 millim. × 55 millim. N° 155. Exercice 1905.

Face : Retour d'une marche militaire.

Revers : Soldat en tirailleur.

126 — **La Joie de vivre**, par Lamourdedieu. Frappe [illegible] 57 millim. N° 94. Exercice 1906.

Face : Jeune homme et jeune femme, assis sur un rocher, se donnent un baiser.

Revers : Jeune homme, assis sur un rocher, contemple le soleil à l'horizon.

127 — **Les Mineurs**, par Gréber. Frappe B. 72 millim. N° 138. Exercice 1906.

Face : Un groupe d'ouvriers au fond d'une mine.

Revers : Un mineur surpris par un coup de grisou.

128 — **Les Singes**, par Jouve. Frappe B. 60 millim. × 53 millim. N° 153. Exercice 1906.

Face : Singe accroupi tenant dans une patte une statuette égyptienne.

Revers : Sur une branche, un groupe de quatre singes.

129 — **Le Vent**, par Camille Lefèvre. Frappe B. 67 millim. N° 160. Exercice 1905.

Face : Deux femmes luttent contre la rafale; l'une est rejetée à terre, l'autre dépouillée de ses voiles.

Revers : Un paysage dont les arbres se courbent sous le vent.

130 — **Les Saisons**, par Saint-Marceaux. Frappe B. 80 millim. × 65 millim. N° 87. Exercice 1906.

Face : Jeune femme, personnifiant l'Été, tenant une brassée de fleurs champêtres.

Revers : Vieille femme, personnifiant l'Hiver, endormie au pied d'un arbre; dans le ciel, un vol de corbeaux.

131 — **Le Rémouleur**, par O. Yencesse. Frappe B. 70 millim. × 50 millim. N° 58. Exercice 1907.

Face : François le Rémouleur affûtant une lame.

Revers : L'Écorcheuse de lapin.

132 — **Le Goûter**, par Mlle Granger. Frappe B. 75 millim. × 50 millim. N° 141. Exercice 1907.

Face : Un enfant buvant dans le bol que lui présente sa mère.

Revers : Goûter des jeunes chats, l'enfant regarde attentivement.

133 — **Caresses maternelles**, par Manque. Frappe B. 70 millim. × 45 millim. N° 143. Exercice 1907.

Face : Une femme nue tenant un enfant sur ses genoux.

Revers : Deux enfants nus s'embrassent.

134 — **L'Art des Jardins**, par Roques, Frappe B. 75 millim. × 45 millim. N° 96. Exercice 1907.

Face : Un jardinier, monté sur la balustrade d'un parc, décore de fleurs un grand vase.

Revers : L'allée d'un parc.

135 — **Adolescents**, par Dejean. Frappe B. 57 millim. N° 151. Exercice 1907.

Face : Jeune homme nu les mains posées sur la tête, la jambe gauche cachée en partie par le terrain.

Revers : Trois jeunes femmes nues : l'une debout, la seconde accroupie, la troisième au pied d'un arbre.

136 — **Adolescents**, par Dejean. Frappe B. 57 millim. N° 102. Exercice 1907.

Autre épreuve semblable.

137 — **L'Eté**, par Michelet. Frappe B. 63 millim. × 42 millim. N° 145. Exercice 1908.

Face : Jeune femme nue au bord de l'eau, d'une main se tenant à une branche d'arbre et de l'autre rejetant ses voiles.

Revers : Dans une barque, une jeune femme se laisse aller au fil de l'eau.

138 — **La Musique**, par David. Frappe B. 75 millim. × 53 millim. N° 143. Exercice 1908.

Face : Un groupe écoutant une cantatrice ; au piano, une jeune femme l'accompagne.

Revers : Au centre, debout, un violoniste ; autour, quatre autres musiciens.

139 — **Le Maréchal-ferrant**, par Gaudissart. Frappe B. 65 millim. × 50 millim. N° 147. Exercice 1908.

Face : Deux maréchaux ferrant un cheval.

Revers : Le Forgeron.

140 — **Faune et Faunesse**, par Durousseau. Frappe B. 63 millim. × 31 millim. N° 150. Exercice 1908.

Face : Une tête de faune.

Revers : Faunesse jouant de la flûte double.

141 — **Breton et Bretonne**, par Lenoir. Frappe B. 60 millim. × 46 millim. N° 139. Exercice 1908.

Face : Breton, assis près d'un pichet et d'un bol, s'apprêtant à boire.

Revers : Une jeune fille, en tricotant, garde une vache paissant.

142 — **Mine et Métallurgie**, par Theunissen. Frappe B. 75 millim. × 55 millim. N° 103. Exercice 1909.

Face : Ouvriers transportant une poche de matière en fusion.

Revers : Femmes chargeant du charbon sur un chaland.

143 — **Printemps et Hiver**, par H. Lefebvre. Frappe B. 80 millim. × 68 millim. N° 53. Exercice 1909.

Face : Trois groupes se suivant montent une allée.

Revers : Une femme âgée, chaudement vêtue, descend les marches d'un perron couvert de neige.

144 — **Paysans croates**, par Frangès. Frappe B. 70 millim. × 60 millim. N° 69. Exercice 1909.

Face : Deux paysans face à face en costumes nationaux.

Revers : Deux personnes portent des oignons.

(Seule médaille exécutée par un étranger.)

145 — **Eros**, par Grégoire. Frappe B. 90 millim. × 60 millim. N° 117. Exercice 1909.

Face : Eros.

Revers : Hélène au milieu des ruines de Troie.

146 — **Les Joyaux**, par Grandhomme. Frappe B. 60 millim. N° 43. Exercice 1909.

Face : Deux jeunes filles admirant des bijoux.

Revers : Jeunes femmes se parant de fleurs.

147 — **Femme à la toilette**, par O. Yencesse. Frappe B. 65 millim. × 41 millim. N° 115. Exercice 1909.

Face : Accroupie dans un tub, une jeune femme presse une éponge sur ses épaules.

Revers : Une femme, se mirant dans une glace, rectifie sa coiffure.

148 — **Le Vin**, par Morlon. Frappe B. 100 millim. × 58 millim. N° 111.

Face : Un groupe de vignerons travaillent au pressoir.

Revers : Au centre, une place libre : de chaque côté, une figure de femme personnifiant la vendange.

149 — **Paysannes du Berry**, par Nivet. Frappe B. 90 millim. × 45 millim. N° 115.

Face : Paysanne gavant un veau.

Revers : Paysanne étendant du linge.

O. YENCESSE

150 — **Pierrette la Pauvre**. Fonte B., par Liard, patinée par M. O. Yencesse. 192 millim. × 115 millim.

Une paysanne âgée rapporte sous le bras des brindilles de bois.

(Une des premières épreuves.)

(N° 20. Pl. IV.)

151 — **Annette la Folle**. Fonte B., par Liard. 190 millim. × 112 millim.

Une paysanne, appuyée sur une branche de bois, s'en va accompagnée de deux chats.

(Une des premières épreuves, patinée par M. O. Yencesse.)

(N° 21. Pl. IV.)

O. YENCESSE

152 — **Virginie la Sage**. Fonte B., par Liard. 195 millim. × 115 millim.

Une paysanne, appuyée sur un bâton, s'en va à l'église, son livre de messe sous le bras.

(Une des premières épreuves, patinée par M. O. Yencesse.)

(*N° 22. Pl. IV.*)

153 — **Hector Berlioz**. Fonte double, par Liard. 55 millim. (*Rare.*)

Face : Buste de trois quarts d'Hector Berlioz.
Revers : Une lyre.

154 — **Le Baiser de l'Enfant**. Frappe B. 34 millim. × 25 millim.

Face : Un enfant embrasse sa maman souriante.
Revers : Une branche de lierre.

(*Épreuve très rare.* Cette œuvre, à cette dimension, ne se frappe jamais en bronze.)

155 — **Richard Wagner**. Frappe B. 55 millim. × 42 millim.

Face : Buste à gauche de Richard Wagner.
Revers : Dans le lointain, théâtre de Bayreuth ; sur la plinthe, une branche de roses.

156 — **La Bacchante**. Frappe B. 35 millim.

Face : Tête de femme rieuse, grappe de raisin dans les cheveux.
Revers lisse.

157 — **Amour Maternel**. Frappe B. 50 millim.

Face : Une jeune mère embrasse son enfant endormi dans ses bras.
Revers : Un pied de violette.

(*N° 25. Pl. IV.*)

158 — **L'Art Décoratif**. Frappe B. 50 millim.

Face : Un enfant nu, agenouillé, tient un vase qu'il décore.
Revers : Un cartouche, au centre d'un encadrement de feuillages.

159 — **L'Enfant aux Roses**. Frappe B. 53 millim. × 34 millim.

Face : Un enfant présente des roses dans son tablier.
Revers : Une branche de roses.
(Une des premières épreuves frappées.)

O. YENCESSE

160 — **Le Semeur.** Frappe B. 50 millim.

Face : Un paysan lance à la volée le grain dans un champ en labour.

Revers : Tête à droite de Cérès, par Ponscarme.

161 — **Le Baiser Maternel.** Cliché BA. 28 millim. Forme triangulaire.

Une jeune mère embrasse son enfant. Une couronne de lierre entoure la composition.

162 — **Le Baiser Fraternel.** Cliché A. 28 millim. Forme triangulaire.

Deux enfants s'embrassant. Motif décoratif : Lierre, comme au n° 161.

163 — **Exposition Internationale de Milan 1906.** Frappe B. 70 millim. × 51 millim.

Face : Un enfant nu, assis, décore un vase.

Revers : Une paysanne italienne à l'entrée du tunnel du Simplon.

164 — **La Leçon maternelle.** Fonte B., par Liard. 105 millim. × 95 millim.

Une jeune mère apprend à lire à son enfant. (*N° 1-100.*)

Épreuve rare, le tirage de cette émission ayant été limité à 100 exemplaires.

(*N° 23. Pl. IV.*)

165 — **Exposition de Bruxelles 1910.** Frappe B. 68 millim. × 67 millim.

Face : La République présente le Génie français à la Ville de Bruxelles.

Revers : En haut, perspective de la Section française à l'Exposition ; en bas, motif décoratif de feuillages.

166 — **Amédée Godard.** Frappe B. 50 millim.

Face : Buste à droite de M. Amédée Godard, graveur-éditeur.

Revers de lettres : *Hommage à Amédée Godard, etc...*

167 — **Joseph Magnin.** Frappe B. 50 millim.

Face : Buste à droite de M. Joseph Magnin ; sur la plinthe : *A son vénéré Président d'Honneur, etc...*

Revers : Tête de Cérès, par Ponscarme.

O. YENCESSE

168 — **Edme Piot**. Frappe B. 50 millim.

Face : Buste à gauche de M. Edme Piot.
Revers : Le Semeur. Description au n° 160.

169 — **Baptême de Clovis**. Fonte B. 87 millim. × 50 millim.

Clovis debout, les mains jointes, reçoit le baptême des mains d'un évêque sous les yeux de la Reine.

170 — **Gustave Servois**. Frappe B. 60 millim.

Face : Buste à droite de M. Gustave Servois.
Revers : Porte de l'Hôtel d'Olivier de Clisson.

171 — **Société des Amateurs indépendants**. Fonte double B., par Liard. 85 millim. × 70 millim.

Face : Un amateur, buste à gauche, examine une gravure à la loupe.
Revers : Clématite en fleurs ; inscription.

(*Épreuve rare*, 40 exemplaires seulement.)

(*N° 24. Pl. IV.*)

172 — **Roger Sandoz**. Frappe BA. 60 millim. × 32 millim.

Buste à gauche de M. Roger Sandoz.
Revers lisse.

173 — **Roger Sandoz**. Frappe B. 60 millim. × 32 millim.

174 — **La Communion**. Galvano argenté. 60 millim. × 55 millim.

Deux communiants recevant la communion des mains d'un prêtre.

175 — **Conciliation internationale**. Frappe B. 45 millim. (*Épreuve rare.*)

Face : Une femme embrassant une autre femme au front. (Interprétation en médaille d'un tableau de Carrière.)
Revers : Dédicace : *Aux Mineurs allemands, etc...*

176 — **Antoine Héron de Villefosse**. Frappe B. 60 millim. × 32 millim.

Face : Buste à gauche de M. Héron de Villefosse, Conservateur au Musée du Louvre.
Revers : En haut, trésor de Boscoreale ; sur les côtés, motif décoratif avec deux rameaux d'olivier.

O. YENCESSE

177 — **Diane**. Frappe BA. 52 millim × 40 millim. (*Rare.*)

Face : Dans un médaillon, buste à gauche de Diane.

Revers : En haut, attributs de chasse et de pêche, gibier ; en bas, Ministère de l'Agriculture, etc...

178 — **Sainte Geneviève**. Frappe BA. 27 millim.

Face : Assise sous un chêne, sainte Geneviève regarde paître ses moutons.

Revers : Un pied de marguerite.

J.-C. CHAPLAIN

179 — **Concours scolaires institués par le comte Armand**. Frappe BA. 60 millim.

Face : Un jeune Grec, debout, devant un philosophe.

Revers : Inscription, écusson et couronne de laurier.

180 — **Médaille commémorative des travaux de la Commission internationale du mètre**. Frappe B. 100 millim.

Face : La Science tenant un mètre, et ayant autour d'elle l'Europe, l'Asie et l'Afrique.

Revers : Inscription latine.

181 — **Les Aérostats à la défense de Paris**. Frappe B. 75 millim.

Face : La ville de Paris, devant les fortifications, tend la main vers un aérostat.

Revers : Branche de chêne entourant une inscription.

182 — **Conservatoire national de Musique et de Déclamation**. Cliché BA. 68 millim.

La Musique assise, à droite, la Tragédie debout.

183 — **Ecoles nationales de dessin**. Cliché B. 70 millim.

Une femme tresse une couronne de laurier avec les branches qu'un génie ailé lui présente.

J.-C. CHAPLAIN

184 — **Siège de Paris**. Cliché BA. 72 millim.

La ville de Paris, un fusil entre ses bras, sur les glacis des fortifications.

185 — **Siège de Paris**. Frappe B. 72 millim.

Même face.
Revers : Monument de Champigny.

186 — **Siège de Paris**. Frappe B. 72 millim.

Même sujet que le n° 185.

187 — **Protection des enfants du premier âge**. Frappe B. 67 millim. Patine foncée.

Face : Une paysanne allaitant un enfant et soufflant sur une cuillère qu'elle va donner à un autre enfant.
Revers : Bouquet de fleurs roses et épis, un cartouche.

188 — **Protection des enfants du premier âge**. Même sujet qu'au n° 187. B., patine claire.

189 — **Sadi-Carnot**. Président de la République. Frappe B. 72 millim.

Face : Portrait.
Revers : Livre de la Constitution, etc.

190 — **Inauguration de l'Ecole nationale des Arts Industriels de Roubaix**. Frappe BA. 68 millim.

Face: Un jeune élève dessinant une fleur que lui présente une femme.
Revers : Génie ailé, une branche de laurier sur l'épaule.

191 — **Visite de l'Escadre russe à Toulon**. Frappe B. 70 millim.

Face : Bustes accolés France et Russie, deux mains se serrant.
Revers : La France accueillant les vaisseaux russes.

192 — **Jeux Olympiques d'Athènes**. Frappe BA. 50 millim. (*Rare.*)

Face : Jupiter tenant à la main une petite statue de la Victoire.
Revers : Vue de l'Acropole. Inscription en grec.

(N° 12. Pl. III.)

J.-C. CHAPLAIN

193 — **Charles Garnier**. Frappe BA. 68 millim. (*Rare.*)

Portrait de Ch. Garnier à droite. Revers : Inscription.

(*N° 11. Pl. III.*)

194 — **Phare d'Eckmuhl**. Frappe B. 61 millim × 71 millim.

Face : Le Phare se dresse à la pointe de Penmarc'h, devant l'Océan.
Revers : Buste à droite de la Marquise de Blocqueville.

195 — **Louis Liard**. Frappe B. 69 millim. × 45 millim.

Face : Buste à droite de M. Louis Liard, membre de l'Institut.
Revers : Une femme assise sur une mappemonde lève un flambeau.

196 — **Casimir-Périer**. Frappe BA. 68 millim.

Face : Buste à gauche du Président.
Revers : Une femme remettant un bulletin de vote dans une urne.

197 — **Réédification de l'Hôtel-de-Ville**. Frappe B. 75 millim.

Face : La Ville de Paris présente le nouveau monument.
Revers : Armes de la ville de Paris ; inscription ; branche de chêne.

198 — **Prix Audéoud**. Frappe B. 70 millim.

Face : La Science venant en aide au Travail.

(*N° 13. Pl. III.*)

199 — **J.-L. Pascal**. Frappe B. 71 millim. × 60 millim. (*Rare.*)

Face : Buste à gauche de M. J.-L. Pascal, architecte.
Revers : Un chêne aux rameaux puissants ; inscription : *Abrités par son ombre, etc.*

200 — **J.-L. Pascal**. Fonte double, par Liard. 93 millim. × 79 millim. (*Très rare.*)

Même désignation que dans le n° 199.

(*N° 10. Pl. III.*)

201 — **Gustave Larroumet**. Frappe B. 70 millim. × 58 millim.

Face : Buste à gauche de M. Larroumet.
Revers : Inscription : *La Société d'Encouragement à l'Art, etc.*

202 — **Gustave Larroumet**. Frappe B.

J.-C. CHAPLAIN

203 — **Victor Hugo**. Frappe A. 33 millim.

Face : Buste à droite de Victor Hugo.
Revers : Une lyre et une branche de laurier reposant sur un nuage.

204 — **Henriquel Dupont**. Fonte double B. 99 millim.

Face : Buste à gauche de M. Henriquel Dupont.
Revers : Une jeune femme examinant à la loupe une gravure.

205 — **Nicolas II et Alexandra**. Biscuit de Sèvres. 90 millim.

Face : Buste de Nicolas II et d'Alexandre superposés à droite.
Revers : Inscription : *L. L. M. M., etc.*

206 — **Professeur Lannelongue**. Frappe A. 70 millim. × 51 millim. (*Rare.*)

Face : Portrait du Docteur.
Revers : La Chirurgie donnant ses soins à un enfant maintenu par sa mère; à côté, le père blessé.

(*N° 14. Pl. III.*)

PONSCARME

207 — **Exposition de 1867**. Frappe B. 67 millim.

Face : Buste à gauche de Napoléon III.
Revers : Deux génies tenant un cartouche gravé au nom de Marx.

208 — **Annexion des Communes suburbaines**. Cliché face BA. 72 millim.

La Ville de Paris accueillant une des communes suburbaines.

209 — **Joseph Naudet**. Frappe B. 50 millim. (*Épreuve rare.*)

Face : Buste à droite de Naudet.
Revers : Inscription latine.
« Cette médaille a réformé la glyptique moderne ». Roger Marx, page 16, *Les Médailleurs français*.

(*N° 26. Pl. IV.*)

210 — **Jules Méline**. Frappe B. 68 millim.

Face : Buste à droite de M. Méline.
Revers : Deux femmes : l'Agriculture et l'Industrie, présentent une b anche de laurier.

PONSCARME

211 — **Edgar Quinet**. Frappe B. 32 millim.

Face : Buste à gauche d'Edgar Quinet.

Revers : Inscription : *Souvenir du Centenaire*.

A. CHARPENTIER

212 — **Violoncelliste** (Plaque de porte). Fonte d'étain. 300 millim. × 65 millim.

Jeune fille nue, profil droit, jouant du violoncelle.

213 — **Harpiste** (Plaque de porte). Fonte d'étain. 300 millim. × 65 millim.

Jeune femme nue, à droite, jouant de la harpe.

214 — **La Musique** (Chef d'orchestre). Fonte d'étain. 80 millim. × 68 millim.

Jeune femme devant son pupitre, battant la mesure.

(Cette plaquette forme une entrée de serrure.

215 — **Femme au bras levé** (Entrée de serrure). Fonte d'étain. 112 millim. × 45 millim.

En bas de la plaquette, une tête de femme; un bras allongé dans le sens de la hauteur.

216 — **Un Faune riant** (Poignée de tiroir). Fonte d'étain. 100 millim. × 70 millim.

Tête de faune vue de face.

217 — **Nymphe** (Poignée de tiroir). Fonte d'étain. 98 millim. × 70 millim.

Une nymphe endormie, la tête inclinée sur le bras.

218 — **La Peinture.** Fonte B. 155 millim. × 55 millim.

Un jeune homme tenant sa palette et ses pinceaux.

219 — **La Sculpture**. Fonte B. 150 millim. × 55 millim.

Un jeune homme tenant marteau et ciseau.

A. CHARPENTIER

220 — **Les Echecs**. Fonte B. 148 millim. × 77 millim.

Un jeune homme dispose son jeu d'échecs.

221 — **Les Dominos**. Fonte B. 148 millim. × 77 millim.

Un jeune homme plaçant ses dominos dans le jeu.

222 — **La Violoniste**. Fonte B. 150 millim. × 80 millim.

Jeune fille jouant du violon.

223 — **Le Chant**. Fonte B. 146 millim. × 80 millim.

Une jeune fille tient un cahier de chant et vocalise.

224 — **Les Parques** (Plaque de meuble). Fonte B. 230 millim. × 60 millim.

Une Parque tient une quenouille et file.

225 — **Les Parques** (Plaque de meuble). Fonte B. 225 millim. × 60 millim.

Une Parque coupe un fil.

226 — **Faune riant**. Fonte B. de Liard.

Un faune, la tête légèrement inclinée à droite.

(*Nº 30. Pl. V.*)

227 — **Faune riant**. Fonte B. Très belle patine rougeâtre.

Même sujet qu'au numéro précédent.

228 — **Les Echecs**. Fonte B. 148 millim. × 77 millim.

Même sujet qu'au nº 220.

229 — **La Sculpture**. Fonte B. 150 millim. × 55 millim.

Même sujet qu'au nº 219.

230 — **Le Dessin**. Plaque estampée. 260 millim. × 185 millim.

Une femme nue, profil droite, assise, dessine.

231 — **Le Dessin**. Petite fonte de B. 57 millim. × 40 millim.

Même sujet qu'au numéro précédent.

A. CHARPENTIER

232 — **Théodore de Banville** (Esquisse). Fonte B. 138 millim.

Buste à droite de Théodore de Banville.

233 — **Darzens** (Esquisse). Fonte B. 150 millim.

Tête à droite de Darzens.

234 — **Puvis de Chavannes**. Fonte B. 150 millim. × 120 millim. (*Très belle épreuve.*)

Buste à gauche de Puvis de Chavannes.

(*N° 28. Pl. V.*)

235 — **Dominique, Cécile, Etiennette**. Fonte B. 185 millim. × 170 millim.

Trois portraits d'enfants.

(*N° 34. Pl. V.*)

236 — **Aux Collaborateurs des Maîtres artistes**. Fonte B. 75 millim. × 70 millim.

Un ouvrier, demi-nu, actionne une presse.

237 — **Estampe originale**. Fonte B. 38 millim. × 38 millim.

Une femme nue, vue de dos, retouche une estampe.

238 — **La Peinture**. Fonte B. 52 millim. × 40 millim.

Un jeune homme, buste à droite, tenant sa palette et ses pinceaux. (Esquisse pour la plaquette définitive « la Peinture ».)

239 — **Les Maîtres de l'Affiche**. Fonte B. 47 millim. × 37 millim.

Une Pierrette (genre Chéret) tenant une affiche. (Modèle pour un timbre sec.)

240 — **Imprimerie Lemercier**. Fonte B., par Liard. 65 millim. × 45 millim.

Une jeune femme actionnant une presse.

241 — **Imprimerie Lemercier**. Fonte B. 61 millim. × 43 millim.

Même sujet qu'au numéro précédent.

242 — **Le Frappeur**. Frappe B. 60 millim. × 53 millim.

Un ouvrier, demi-nu, actionne une presse.

A. CHARPENTIER

243 — **Les Baigneuses**. Fonte B. 187 millim. × 60 millim.

Cette frise représente un groupe de huit baigneuses.

244 — **Buste d'Homme**. Médaillon ovale. Fonte de Liard. 87 millim. × 45 millim.

Buste d'homme à gauche.

245 — **Sommet de la Tour Eiffel**. Frappe A. 41 millim.

Face : Sommet de la Tour Eiffel ; inscription : *Souvenir de l'ascension.* Revers : Groupe d'ouvriers travaillant au montage des charpentes de fer.

246 — **Naïade**. Fonte B. 68 millim. × 72 millim.

Sujet modelé dans l'épaisseur de la pièce.

(*N° 32. Pl. V.*)

247 — **Saint Sébastien**. Fonte B. 71 millim. × 50 millim.

Torse de jeune homme, lié à un arbre et percé de flèches.

248 — **Joueuse de triangle**. Fonte B. 72 millim × 41 millim.

249 — **Libre esthétique, 1895**. Fonte B. 96 millim. × 78 millim.

Un homme, le torse nu, plantant un semis.

(Modèle de la carte d'entrée.)

250 — **Tête de Jeune Fille**. Fonte, par Liard. 59 millim.

Tête de trois quarts.

251 — **Esquisse pour plaquette « imprimeur »**. Fonte. 62 millim. × 40 millim.

Silhouette de femme tenant les montants d'une presse.

252 — **Christ au tombeau**. Fonte B. 183 millim. × 54 millim.

Figure entièrement drapée, étendue sur une pierre tombale.

253 — **La Vague**. Fonte B. 117 millim. × 83 millim. *Patine verte.*

(*N° 33. Pl. V.*)

A. CHARPENTIER

254 — **Femme aux Estampes.** Fonte B. 227 millim. × 147 millim.

Une femme nue, vue de dos, regardant une estampe ; devant elle, un classeur à dessin ; aux pieds, des livres.

255 — **Edmond de Goncourt.** Fonte d'étain. 65 millim. × 145 millim. *Très belle épreuve.*

Portrait profil gauche.

(*N° 29. Pl. V.*)

256 — **Emile Zola.** Frappe étain. 60 millim. (*Très rare.*)

Face : *Hommage à Emile Zola.* Portrait profil droit en buste.
Revers : *La Vérité est en marche, etc.*
Sur la tranche : le monogramme de Charpentier gravé par lui-même.

257 — **Docteur Potain.** Frappe BA. 77 millim. × 57 millim. (*Rare.*)

Face : A droite, portrait de Pierre Carl Potain.
Revers : Haut, salle d'hôpital ; au premier plan, le docteur auscultant un malade.
Bas : Dédicace.

258 — **Me V. Maus.** Fonte B. 73 × 57 millim.

Portrait, profil à gauche.

259 — **Valère Mabille.** Frappe B. 50 millim. × 40 millim.

Face : Portrait à gauche.
Revers : Haut, deux forgerons.

260 — **Comte Fernand de Saintignon.** Frappe B. 40 millim. × 33 millim.

Face : Portrait à gauche.
Revers : Vue d'usine.

261 — **Emile Zola.** Fonte B. 20 millim. × 15 millim.

Réduction en plaquette du portrait n° 256. (*Très curieuse épreuve.*)

262 — **Paul.** Galvano BA. 67 millim. × 48 millim.

Buste de Bébé à droite.

A. CHARPENTIER

263 — **Ernest Besnier**. Frappe BA. 60 millim. × 45 millim. (*Rare.*)

Face : Buste à droite de M. E. Besnier.

Revers : Vue des jardins et bâtiments intérieurs de l'Hôpital Saint-Louis.

264 — **Le Lieutenant-Colonel Picquart**. Deux fontes assemblées. 59 millim. × 40 millim. (*Rare.*)

Face : Inscription : *Au Lieutenant-Colonel Picquart, décembre 1898.*

Revers : Une branche de chêne, et l'inscription : *Point n'est besoin d'espérer, etc.*

265 — **Société Nationale des Beaux-Arts**. Fonte faite d'après la frappe. 60 millim. × 40 millim.

Têtes de Puvis de Chavannes et de Meissonier superposées à gauche.

266 — **Puvis de Chavannes**. Réduction fonte. 60 millim. × 47 millim.

Buste à gauche de Puvis de Chavannes.

267 — **Albert Carré**. Fonte, par Liard. 80 millim. × 68 millim.

Portrait à gauche d'Albert Carré assis devant un pupitre.

268 — **C. Pissaro**. Fonte d'étain. 75 millim. × 60 millim. (*Très belle épreuve.*)

Buste à droite de Pissaro.

(*N° 27. Pl. V.*)

269 — **François Coppée**. Fonte de bronze, par Liard. 90 millim.

Buste à gauche de Coppée ; devant lui, un bonnet à poil ; en haut, inscription : *Napoléon raconté par l'image fait se hérisser de satisfaction le bonnet à poil que j'ai dans le cœur.*

(*N° 31. Pl. V.*)

270 — **Pierre Larousse**. Frappe B. 70 millim. × 68 millim.

Face : Portrait de Pierre Larousse, tourné presque de face ; sur le fond, une bibliothèque.

Revers : Une jeune femme soufflant sur une fleur qu'elle tient. (D'après Grasset.)

(Marque de la Librairie Larousse.)

A. CHARPENTIER

271 — **Un Chat.** Frappe BA. 30 millim.

Tête de chat, présentée de face.

DESBOIS

272 — **Femme endormie.** Fonte B. 145 millim.

Femme nue, assise, la tête reposant sur les mains. Forme mi-sphérique.

273 — **Une Sirène vue de dos.** Fonte B. 160 millim. Patine verte.

Une Sirène sortant des eaux.

274 — **Une Boucle de ceinture.** 70 millim. × 65 millim. (*Rare.*)

Femme au serpent.

(*N° 35. Pl. VI.*)

275 — **Une Plaque de ceinture.** Fonte B. 70 millim. × 60 millim. (*Rare.*)

Deux baigneuses.

(*N° 40. Pl. VI.*)

277 — **Une Boucle de ceinture.** Fonte B. 70 millim. × 75 millim. Non repercée. (*Rare.*)

Une Naïade.

(*N° 38. Pl. VI.*)

278 — **Une Boucle de ceinture.** Fonte B. 70 millim. × 65 millim. Non repercée. (*Rare.*)

Femme au serpent.

(*N° 35. Pl. VI.*)

279 — **Une Baigneuse.** Fonte forme irrégulière. 60 millim. × 40 millim. (*Rare.*)

Une baigneuse émergeant des flots, à mi-corps.

280 — **Tête de Femme.** Fonte B. 40 millim. × 35 millim. (Profil droit.)

Cette pièce forme un bouton.

DESBOIS

281 — **Tête de Femme**. Fonte B. 40 millim. × 35 millim. (Profil gauche.)

Cette pièce forme un bouton.

282 — **Tête de Femme**. Fonte B. 40 millim. × 35 millim. (De face.)

Cette pièce forme un bouton.

Les trois pièces suivantes ont été transformées, spécialement pour M. Roger Marx, en poignées de tiroir.

283 — **Corps de Femme, terminé en sirène**. B. fondu. 110 millim. — Modelé en rondebosse.

284 — **Corps de Femme, terminé en sirène**. B. fondu. 110 millim. — Modelé en rondebosse. Semblable au n° 283.

285 — **Corps de Femme, terminé en sirène**. B. fondu. 110 millim. — Modelé en rondebosse. Semblable au n° 283.

De cette œuvre, il n'a été fait qu'une pièce en argent et les trois ci-dessus en bronze.

286 — **Corps de Femme**, allongé et terminé par des feuillages. B. fondu. 150 millim.

Pièce destinée, comme les numéros précédents, à servir de poignée de meuble.

287 — **Bouton de porte**. B. fondu. 60 millim. × 35 millim.

Deux corps de femmes vus de dos.

288 — **Bouton de porte**. B. fondu. 60 millim. × 35 millim. Semblable au n° 287.

F. DE VERNON

289 — **Rosa**. Fonte B. de Liard. 246 millim. × 175 millim. (*Très belle épreuve.*)

Buste à droite de jeune fille. Exécuté à Rome, 1888.

(*N° 8. Pl. II.*)

F. DE VERNON

290 — **Clémence de Vernon**. Fonte B. de Liard. 88 millim. × 68 millim. (*Très rare.*)

Buste à gauche de Mme de Vernon, mère de l'artiste.

(*No 9. Pl. II.*)

291 — **Ernestine Danjard**. Fonte B. de Liard. 87 millim. × 67 millim. (*Très rare.*)

Buste à droite de Mme Danjard, tante de l'artiste.

(*No 7. Pl. II.*)

292 — **Un Bœuf**. Fonte B. de Liard. 91 millim. × 57 millim.

Un bœuf disposé à gauche, en haut de la plaquette; dédicace : *A M. Signoret, etc.*

293 — **Le Dessin**. Fonte B. de Liard. 87 millim.

Une jeune femme, assise devant un chevalet, dessine d'après un modèle.

294 — **Développement du Dé**. Galvano BA. 143 millim. × 40 millim.

Groupe de jeunes filles aux travaux du fil et de l'aiguille. Cette composition a été exécutée pour le dé de la Reine Wilhelmine.

295 — **Cyclisme**. Frappe BA. 50 millim.

Face : Une femme ailée sur une bicyclette, et tenant une palme à la main.

Revers : cartouches, avec palmes et lauriers.

296 — **La Vendange**. Fonte B. de Liard. 118 millim.

Un vigneron cueille le raisin qu'une femme met dans la hotte.

297 — **Réunion de Mulhouse à la France en l'an VI**. Frappe B. 68 millim.

Face : La République Française accueille la Ville de Mulhouse devant l'autel de la Patrie.

Revers : Inscription : *Centième anniversaire...* Vue de monuments. Cartouche chêne, laurier, vigne.

298 — **Centenaire de la Marseillaise**. Fonte B. de Liard. 100 millim.

Un génie ailé, sur des nuages, claironne la *Marseillaise*.

F. DE VERNON

299 — **Visite des Souverains russes à Cherbourg**. Frappe B. 70 millim.

Face : La France, au bord des flots, tend les bras vers la flotte russe.
Revers : Vue de la rade de Cherbourg ; un drapeau ; attributs marins.

300 — **Institution nationale des Jeunes Aveugles**. Frappe B. 50 millim.

Face : Buste à droite de Valentin Haüy.
Revers : Un cartouche, branches de laurier ; inscription : *Institution, etc.*

301 — **Université de Paris**. Frappe B. 68 millim.

Face : Une femme soulevant un voile et consignant ses découvertes.
Revers : Un flambeau, un cartouche, branches de laurier ; inscription : *Université de Paris*.

302 — **Université de Paris**. Frappe B. 68 millim.

303 — **Exposition Internationale de Glascow, 1901**. Frappe B. 70 millim. × 55 millim.

Face : La Ville de Glascow souhaitant la bienvenue à la République Française.
Revers : Vue de la ville de Glascow ; au bas, inscription.

DANIEL-DUPUIS

304 — **Chambre des Députés**. Frappe B. 70 millim.

Face : Une femme, assise près d'une urne, donne des ordres, tandis qu'une jeune fille écrit.
Revers : Cartouche à branches de chêne et laurier.

305 — **L'Horticulture**. Fonte B. de Liard. 140 millim. × 111 millim. (*Rare.*)

Deux jeunes femmes dirigent des plantations de fleurs.

306 — **L'Horticulture**. Frappe B. 62 millim. × 42 millim.

Même désignation qu'au nº 305.

307 — **Exposition Universelle de 1889**. Frappe B. 63 millim.

Face : Tête à droite de la République Française laurée.
Revers : Une femme couronnant un jeune homme.

DANIEL-DUPUIS

308 — **La Gironde**. Fonte B. 111 millim. × 87 millim. Fonte de Liard. (*Rare.*)

Dans un paysage boisé, une jeune femme nue repose sur une urne d'où s'échappe un flot.

N° 17. Pl. III.

309 — **Expédition du Talisman**. Frappe B. 68 millim.

Face : Sur les flots, la Science interroge un dieu marin.
Revers : Inscription : *Institut de France. Expédition du Talisman, etc.*

310 — **Monnaie de Paris**. Frappe BA. 50 millim.

Face : Un génie ailé, tenant un flambeau, s'appuie contre une presse monétaire.
Revers : Assise sur un nuage, une femme inscrit sur un livre tenu par un amour.

311 — **Henri-Dominique Lacordaire**. Frappe BA. 36 millim.

Tête à droite de Lacordaire.
Revers lisse.

312 — **Virginie Félicité Dupuis**. Cliché A. 45 millim. (*Rare.*)

Tête à gauche de Madame Félicité Dupuis.

N° 18. Pl. III.

313 — **La Numismatique**. Frappe B. 60 millim. × 37 millim.

Face : Une jeune femme, demi-nue, regarde à la loupe une médaille.
Revers : Une presse monétaire, une palme, inscription.

314 — **Pièce de 10cmes. Pied-fort. (1898)**. Tête de République à droite.

315 — **Pièce de 10cmes. Sans poinçon (1898)**. Tête de République à droite.

316 — **Pièce de 10cmes. Sans poinçon (1898)**. Tête de République à droite.

317 — **Pièce de 10cmes. Sans poinçon, sans millésime.** Tête de République à droite.

DANIEL-DUPUIS

318 — **Pièce de 10 cmes. Avec banderole (1897).** Tête de République à droite.

319 — **Pièce de 5cmes. Pied-fort (1898).** Tête de République à droite.

320 — **Conseil municipal de Paris** (face République de Chaplain). Frappe B. 50 millim.

La Ville de Paris protège les Beaux-Arts.

321 — **Conseil général de la Seine.** Frappe B. 50 millim.

La Seine.

322 — **Conseil général de la Seine.** Cliché B. 50 millim.

L'Horticulture.

323 — **Conseil général de la Seine.** Cliché B. 50 millim.

La Musique.

324 — **Conseil général de la Seine.** Cliché B. 50 millim.

Concours de Tir.

325 — **Assistance Publique.** Galvano B. 215 millim. × 225 millim.

Le modèle officiel est en médaille. (Les angles sont percés.)

326 — **Assistance Publique.** Cliché de la médaille officielle B. 55 millim.

327 — **La Source.** Frappe B. 65 millim. × 35 millim.

Chloé à la vasque.

328 — **La Source.** Frappe A. 65 millim. × 35 millim.

Le revers est gravé au nom de *Roger Marx.*

329 — **Société des Artistes français.** Frappe B. 60 millim.

Face : Une femme couronnant les Beaux-Arts.

Revers : A ses collègues étrangers du jury, etc.

DANIEL-DUPUIS

330 — **Exposition Universelle 1900**. Breloque. Frappe B. 45 millim. × 25 millim.

Face : Renommée donnant une palme.

Revers : Un forgeron. Cartouche gravé au nom de *Roger Marx*.

G. DUPRÉ

331 — **Berlioz**. Frappe B. 67 millim. × 48 millim.

Face : Portrait de Berlioz; buste trois quarts.

Revers : Une femme voilée, déposant une palme devant le buste du compositeur.

332 — **La Méditation**. Frappe B. 63 millim. × 49 millim.

Face : Buste d'une femme voilée, tournée à gauche, méditant devant des ruines antiques.

Revers : Ruines du Colisée.

(Envoi de Rome de G. Dupré.)

333 — **Rédemption**. Frappe B. 45 millim.

Face : (Rédemption). Un vieillard aux pieds de l'Enfant Jésus soutenu par la Vierge.

Revers : *O. Crux Ave*... Jeune homme en prière devant le crucifix.

LEGASTELOIS

334 — **Le Solfège**. Cliché BA.

Un jeune garçon au piano; deux jeunes filles solfiant.

335 — **Lucie**. Fonte B. 57 millim. × 43 millim.

Portrait de jeune femme à gauche.

L. DESCHAMPS

336 — **Jean Fouquet**. Fonte B. de Liard (dorée). 73 millim. (*Très belle épreuve.*)

Portrait à droite.

(*N° 45. Pl. VII.*)

L. DESCHAMPS

337 — **Robert Estienne**. Fonte B. de Liard (dorée). 73 millim. (*Très belle épreuve.*)

Portrait à gauche.

(*N° 46. Pl. VII.*)

A. LECHEVREL

338 — **Jeune Faune dansant**. Fonte de Liard. 100 millim. (*Très belle épreuve.*)

Une nymphe, jouant de la flûte double, faisant danser un jeune faune. — Dédicacée.

(*N° 15. Pl. III.*)

339 — **Revers du Portrait de Roger Marx**. Fonte B., par Liard. 80 millim. × 57 millim.

Une femme nue, vue de dos, gravant sur un cartouche, suspendu à un arbre, le nom des médailleurs célèbres; dans le bas, à gauche, le livre *Les Médailleurs français*.

340 — **Même que le 339**. Galvano doré.

341 — **République Française**. Frappe B. 50 millim.

Face : Effigie de la République.
Revers : Banal.

342 — **Charles Otten**. Galvano BA. 50 millim × 32 millim.

Portrait d'un jeune enfant.

343 — **Oriens. Occidentis. Renovat. Artem**. Galvano argenté. 60 millim. × 43 millim.

344 — **Etude pour un Cachet**. 32 millim × 17 millim.

Femme nue, les voiles emportés par le vent.

R. CARABIN

345 — **Femme de dos**. Plaque (sorte de grès). *Très curieux essai.*

Vue de dos, une femme s'éloigne entre une rangée d'arbres.

(*N° 39. Pl. VI.*)

R. CARABIN

346 — **Krüger**. Frappe A. 50 millim.

Face : Portrait de Krüger.

Revers : Un homme et un fauve aux prises : *Notre résistance étonnera le monde, etc...*

347 — **Médaille du « Journal »**. Cliché face. 45 millim.

Trois femmes, de dos, lisant un journal; dans le fond, une autre femme tenant une presse.

Le revers, lisse, porte gravé à la pointe sèche : *N° 5*, et la signature : *R. Carabin.*

M. CAZIN

348 — **Portrait de Pierre-Marie Leprêtre**, marin. Fonte A. (*Très belle épreuve.*)

Profil d'homme, à gauche.

H. NOCQ

349 — **Anatole France**. Fonte double B. 55 millim. (*Pièce très rare.*)

Face : Portrait d'Anatole France, à droite.

Revers : Un mannequin d'osier, un lys, etc.

(*N° 41. Pl. VI.*

350 — **Le Fusil de chasse**. Frappe B. 41 millim.

Médaille de la Société.

DEJEAN

351 — **Fondation Carnegie, 1909.** Frappe B. 80 millim. × 52 millim.

Face : Portrait de Carnegie.

Revers : *Aux héros de la civilisation.*

Epreuve d'auteur. Patine foncée.

352 — **Exposition d'Electricité**. Frappe B. 55 millim.

Face : Dans les nuages, deux personnages allégoriques faisant naître la foudre.

Epreuve d'auteur. Patine foncée.

G. GARDET

353 — **Les Chats.** Galvano BA.

Trois petits boutons.

GUÉRARD

354 — **Portrait d'Homme au bonnet.** Plaquette. Fonte étain. 80 millim. × 60 millim. (*Très rare.*)

355 — **Femme riant.** Fonte étain. 72 millim. (*Très rare.*)

De face. Haut relief.

356 — **Tête d'Homme.** Fonte étain. 66 millim. (*Très rare.*)

DIVS.AVG.SUM.PONT.ET.REX.

357 — **Tête d'Homme au Casque.** Fonte étain. 56 millim. (*Très rare.*)

Profil gauche.

358 — **Les Trois Masques.** Fonte étain. 80 millim. × 35 millim.

359 — **H. Daumier.** Fonte étain. 67 millim. (*Très rare.*)

Portrait à droite, avec légende.

(*N° 43. Pl. VI.*)

360 — **Même pièce** sans légende. (*Très rare.*)

DÉLOYE

361 — **Eugène Carrière.** Fonte B. 92 millim. (*Belle épreuve.*)

Profil gauche.

(*N° 37. Pl. VI.*)

362 — **Portrait de Jeune Femme.** Fonte B. de Liard. 130 millim.

Profil gauche, buste, encadrement de style.

363 — **Jean Dolent.** Fonte B. 97 millim.

Profil gauche.

DÉLOYE

364 — **Alexandra Pce of Wales**. Galvano BA. 105 millim.

Buste drapé à gauche.

365 — **Portrait de Jeune Fille**. Galvano BA. 130 millim.

Buste à droite, encadrement de style.

366 — **Chr. Fred de Falbe**. Galvano BA. 105 millim.

Buste drapé à gauche.

FRÉMIET

367 — **Paul Rattier**. Fonte B. de Liard, patine rouge de Giraud. 98 millim. (*Très belle épreuve.*)

Cavalier costume de chasse.

(*No 36. Pl. VI.*)

368 — **Même que no 367**. Galvano. Sans légende.

Dans le haut, dans un petit médaillon, un chien de chasse assis.

369 — **Saint-Georges**. — Frappe BA. 32 millim.

ROQUES

370 — **Femme qui se peigne**. Fonte B. 192 millim. × 160 millim.

Assise, à gauche, une femme nue se peigne.

(*No 42. Pl. VI.*)

371 — **Lo. Miounello**. Fonte B. 95 millim.

Vieille femme, à droite, causant.

372 — **Femme à la toilette**. Galvano B. 90 millim. × 43 millim.

Femme nue, se mirant dans une glace.

P. ROCHE

373 — **Etude de femme**. Fonte plomb. Plaquette. 90 millim. × 55 millim.

374 — **Mélusine**. Fonte B. 98 millim.

R. LALIQUE

375 — **Deux figures de femmes**. Fonte. 140 millim.

Figures haut relief; une de profil, l'autre de trois quarts.

376 — **Invitation à l'Exposition**. B. 67 millim.

Dans le haut, débordant, figure de femme couronnée de feuillages.

L. BOTTÉE

377 — **Le Commerce glorifié par la Charité et le culte du Beau**. Frappe B. 70 millim. × 60 millim.

Sans revers; réduction de la plaquette offerte à M. Chauchard.

378 — **Parisiens de Paris**. Frappe B. 70 millim. × 48 millim.

Plaquette de la Société.
Face : La Ville de Paris tenant près d'elle l'un de ses enfants.
Revers : L'Art et l'Industrie fraternisant.

379 — **Port de Tunis** (Inauguration). Frappe A. 68 millim.

Face : Dans le port, une femme assise sur un cheval marin tient dans une main la corne d'abondance.
Revers : Ville de Tunis, plan du port.

(*Épreuve très rare*. Le coin revers a été défoncé.)

380 — **Museum d'histoire naturelle**. Frappe B. 68 millim. (Centenaire.)

Face : Une Vérité se dévoile devant la source de la Science.
Revers : Inscription.

381 — **Même sujet**. Cliché face étain. 68 millim.

382 — **Ministère de l'Instruction publique et des Beaux-Arts**. Frappe B. 68 millim.

Face : Les Beaux-Arts couronnés par le Génie.
Revers : Sur le cartouche, un génie ailé, la main posée sur un orgue.

383 — **A la Science**. Frappe BA. 50 millim.

Face : La Science ayant au front la flamme du Génie.
Revers : Le Sphynx.

L. BOTTÉE

384 — **A la Science**. Frappe cliché étain.

Même sujet que le précédent.

385 — **Direction de l'Enseignement primaire du Dessin**. Frappe B. 50 millim.

Face : La Ville de Paris enseignant le dessin à ses enfants.
Revers : Inscription.

386 — **Comité français des Expositions à l'étranger**. Frappe B. 63 millim. × 42 millim.

Face : Jeune femme vêtue à l'antique, personnifiant le Commerce. Dans le bas, une ruche, une corne d'abondance.
Revers : Inscription, gravée au nom de *R. MARX*.

387 — **Professeur Burgrave**. Fonte étain. 55 millim. (*Très belle épreuve. Rare.*)

Portrait de face.

388 — **Insigne au Jury, 1900**. 40 millim. × 23 millim.

Madame CROCÉ-LANCELOT

389 — **Diane**. Fonte double de Liard. 80 millim.

Face : Diane, un genou sur un cerf blessé : une femme, à droite, lui pose un voile sur les épaules : une autre femme, à gauche, maintient un chien.

Revers : A droite, Diane contemplant un cerf aux abois.

Cette fonte n'a été tirée qu'à une quarantaine d'exemplaires. (*Très rare.*)

(*Nos 48-49. Pl. VII.*)

390 — **Autre pièce** semblable.

391 — **Le Roi et la Reine d'Italie**. Fonte double BA. par Liard. 77 millim. (*Rare.*)

Face : Effigie du Roi et de la Reine.
Revers : Deux figures allégoriques personnifiant l'alliance.

392 — **Concours de tir**. Frappe BA. 60 millim.

Face : Les Régions conviées au concours.
Revers : Trophée et cartouche.

Madame CROCÉ-LANCELOT

393 — **Emanuele Umberto, re d'Italia**. Frappe métal argenté. 60 millim.

Face : Effigie des deux souverains.
Revers : Figures allégoriques ; en exergue : *Ci-siamo. Ci-resteremo.*

394 — **Prix du Ministère de la Marine.** Frappe BA. 60 millim.

Face : L'Italie conduite sur le char de Neptune.
Revers : Banal.

395 — **Léon XIII.** Frappe BA. 43 millim.

Face : Effigie du Pontife, à droite.
Revers : Un Lion.

396 — **Premier Centenaire de la découverte de la Pile**. Frappe BA. 45 millim.

Face : Effigie de Volta, à gauche.
Revers : Allégorie de la Pile dégageant l'électricité.

DEGEORGE

397 — **A la mémoire des Elèves de l'Ecole des Beaux-Arts morts pour la patrie**. Frappe BA. 80 millim.

Face : Une femme drapée dépose une palme sur le corps d'un héros mort pour la Patrie.
Revers : Monument de l'École des Beaux-Arts.

398 — **Église de Montrouge**. Frappe BA. 76 millim.

Face : Le plan.
Revers : Vue intérieure.

399 — **Chevaux**. Frappe BA. 68 millim.

Face : Trois chevaux, dont l'un, au premier plan, est tenu par un palefrenier.
Revers : Banal.

400 — **Phares et Balises**. Frappe B. 70 millim.

Face : Une femme tenant un phare.
Revers : Phares et balises.

401 — **Semblable au n° 400**. Frappe BA. 70 millim.

DEGEORGE

402 — **Communications aériennes**. Frappe A. 63 millim.

Face : Une femme assise sur un canon donne le vol à un pigeon voyageur.

Revers : Un pigeon prenant son essor ; panier et cartouche.

403 — **Semblable au n° 402**. Frappe A. 50 millim.

404 — **La Musique**. Frappe B. 80 millim.

Face : Dans un ciel étoilé, une femme ailée jouant de la lyre, entourée d'amours musiciens.

Revers : Trophée d'instruments de musique.

405 — **Même sujet**. Frappe BA. 50 millim.

Variante : Figure allégorique de femme seule (sans les anges).

Revers semblable au N° 404.

PATEY

406 — **Les Ballons dirigeables**. Frappe BA. 71 millim.

Face : Icare se faisant attacher des ailes.

Revers : *Sic-itur-ad-astra.*

407 — **A.-L. Barye**. Frappe BA. 68 millim.

Face : Portrait de Barye, de trois quarts.

Revers : Reproduction du Lion au serpent.

H. DUBOIS

408 — **République Française**. Casquée. Frappe BA. 36 millim.

Revers : Inscription : *Souvenir du banquet des prix du Salon, etc., 1886.*

ZIRMAÏ

409 — **Le Palais de la Hongrie à l'Exposition**. Plaquette. Galvano A. 113 millim. × 76 millim.

MICHEL

410 — **Société populaire des Beaux-Arts**. Frappe B. 50 millim.

Face : La Vérité instruisant un travailleur.
Revers : Gravé au nom de *Roger Marx*.

411 — **Société historique d'Auteuil**. — Frappe BA. 61 millim.

Face : Figure allégorique en méditation.
Revers : Gravé : épreuve d'auteur.

C. MARIOTON

412 — **Médaille de la Compagnie d'Assurance l'Urbaine**. Frappe A. 60 millim.

LEVILLAIN

413 — **Argus et Mercure**. Galvano B. 175 millim. Cerclée B. (*Bonne épreuve.*)

Mercure endormant Argus au son de la flûte.
(Les autres galvanos de Levillain sont de bons documents, mais très minces de fabrication.)

414 — **Fabricants de Bronzes à Paris**. Fonte B. 140 millim. × 97 millim.

Un ouvrier fondeur coule du métal en fusion.

415 — **Exposition Universelle 1889**. Frappe B. 75 millim.

Face : La Ville de Paris, assise sur une enclume, regarde la Tour Eiffel.
Revers : Vue de Paris le long de la Seine ; une nymphe.

416 — **Exposition Universelle 1889**. (En deux galvanos argentés et non assemblés.)

417 — **Alexandre Barbier**. Galvano BA. 78 millim. × 66 millim.

Buste à gauche d'Alexandre Barbier.

418 — **Daphnis et Chloé**. Galvano BA. 95 millim.

Un jeune homme, nu, versant à boire à une jeune femme drapée.

LEVILLAIN

419 — **M. Z. Beau.** Galvano BA. 65 millim.

Buste à gauche de M. Z. Beau, costume ecclésiastique.

420 — **Coursiers.** Galvano BA. 115 millim.

Deux chevaux, attelés à un char, emportent un jeune dieu.

421 — **Argus et Mercure.** Galvano BA. 77 millim.

Même désignation qu'au nº 413.

422 — **Manufacture Nationale de Sèvres.** Galvano BA. 50 millim.

Un jeune homme nu, assis à un établi, façonne une potiche.

423 — **Bacchus.** Galvano BA. 50 millim.

Bacchus pressant une grappe de raisin, dont il fait boire le jus à un Amour.

424 — **Junon.** Galvano BA. 65 millim.

La déesse tenant une tête coupée dont les gouttes de sang tombent sur un paon. Frappe éditée par les Amis de la Médaille.

425 — **Dieux agrestes.** Galvano BA. 100 millim. × 50 millim.

Un jeune dieu attache Pan à un arbre.

426 — **La Terre.** Frappe BA. 70 millim.

Face : Une jeune femme, environnée de nuages, présente le blé et le raisin.

Revers : Un entourage allégorique des produits de la terre.

427 — **La Terre.** Cliché BA. 70 millim. (Face seulement.)

428 — **Jeune Fille.** Galvano BA. 45 millim.

Tête à gauche de jeune fille.

MAX BOURGEOIS

429 — **La Seine et la Marne.** Fonte BA. 100 millim. (*Très belle épreuve.*)

Deux femmes, symbolisant la Seine et la Marne, réunies au milieu d'abondantes moissons.

MAX BOURGEOIS

430 — **La Seine et la Marne**. Cliché BA. 60 millim.

431 — **Ecole Polytechnique**. Frappe B. 68 millim.

Face : Une jeune femme, demi-nue, étudie des plans; attributs scientifiques.

Revers : Un Polytechnicien; inscription.

432 — **École Polytechnique**. Revers seulement. Cliché étain.

VERNIER

433 — **Jeune Fille, Fiancée, Mère**. Galvano doré. 76 millim. × 45 millim.

Pièce divisée en trois parties reliées par des branches de pommier, représentant : Une jeune fille, deux fiancés et une jeune mère.

ROGER-BLOCHE

434 — **Georges Hayem**. Frappe B. 70 millim. × 50 millim.

Face : Buste à gauche du docteur Hayem.

Revers : Le docteur Hayem au cours de Clinique médicale à l'Hôpital Saint-Antoine.

435 — **En Manœuvres**. Galv. B. 65 millim. × 80 millim.

Face : Un soldat, tenue de campagne, assis au bord de la route.

SICARD

436 — **Fabre** Frappe B. 70 millim. × 55 millim.

Face : Buste à gauche du naturaliste Fabre.

Revers : Perspective de Serignan, insectes, livres.

HANNAUX

437 — **J. Henner.** Galvano BA. 100 millim. × 75 millim.

Face : Buste à gauche du peintre Henner.

438 — **Le Souvenir.** Frappe BA. 60 millim. × 42 millim.

Une jeune femme, assise sur un banc, médite ; dans le lointain, une cathédrale.

CHÉRET

439 — **Femme au Masque.** Cliché BA. 27 millim.

440 — **Femme au chapeau.** Cliché BA. 27 millim.

ROZET

441 — **Victor Hugo.** Frappe B. doré. 80 millim. × 55 millim. N° 386.

Face : Tête de Victor Hugo sortant des nuages.

Revers : Le Panthéon entouré de rayons, un chêne, inscription.

H. LEFEBVRE

442 — **Chambre de Commerce de Lille.** Frappe A. 45 millim.

Face : Philippe de Girard assis sur un banc ; au loin, cheminées d'usines.

Revers : Bâtiments de la Chambre de Commerce, attributs, écusson.

443 — **Une Fillette.** Galvano BA. 45 millim. × 33 millim.

Tête à gauche d'une fillette coiffée d'un bonnet.

444 — **Pierre Crévecœur et Henri Hollebecque.** Frappe B. 63 millim. × 50 millim.

Face : Bustes juxtaposés des Supérieurs de l'Institution de Marcq.

Revers : Perspective de l'Institution. Devise : ***In fide et Virtute.***

H. LEFEBVRE

445 — **Mutualité des Peigneurs**. Frappe B. 45 millim.

Face : Femme appuyée sur un faisceau et tenant une branche de chêne.

Revers : Un ouvrier devant son métier.

446 — **Notre-Dame des Flots**. Frappe BA. 35 millim. (A bélière.)

Face : La Vierge, tenant l'Enfant Jésus, domine la Mer.

Revers : Dans la tempête, un guerrier invoquant la Vierge.

447 — **Chambre de Commerce de Tourcoing**. Frappe B. 50 millim.×45 millim.

Face : Une femme montre la direction de l'Amérique.

Revers : Présentation des étoffes de Tourcoing.

P. TASSET

448 — **Edmond Hebert**. Fonte double de Liard. 98 millim. (*Très rare.*)

Face : Buste à gauche d'Edmond Hebert.

Revers : Inscription : *A Edmond Hebert, etc.;* branche de laurier.

(*N° 16. Pl. III.*)

449 — **Edmond Hebert**. Cliché étain. 68 millim.

450 — **République Française**. Fonte de Liard. 49 millim.

Tête à gauche de la République, coiffée du bonnet phrygien et laurée.

451 — **Gambetta**. Frappe BA. 50 millim.

Face : Buste à gauche de Gambetta, dans un médaillon entouré de branches de chêne, deux écussons.

Revers : Reproduction du Monument de Bartholdi.

Epreuve frappée avec le nom de *Roger Marx* en relief.

(*N° 19. Pl. III.*)

452 — **Salle des Thèses de l'Université d'Orléans**. Frappe étain. 53 millim.

Vue intérieure d'une salle ogivale.

SOLDI

453 — **Défense de Paris**. Cliché étain. 70 millim.

Une femme debout, armée d'un glaive, prend sous sa protection les enfants groupés autour d'elle ; dans le lointain, monuments de Paris.

ALPHÉE DUBOIS

454 — **Le Verrier**. Frappe B. 68 millim.

Face : Buste à gauche de Le Verrier.

Revers : Au centre, le char du Soleil : autour, principales Planètes personnifiées.

455 — **Minerve**. Frappe A. 37 millim.

Tête à droite d'une Minerve, coiffée du casque grec.

456 — **Le Verrier**. Épreuve semblable au n° 454.

457 — **Passage de Vénus sur le Soleil**. Frappe B. 68 millim.

Face : Le quadrige de Vénus courant sur les nuages sous les yeux de l'Astronomie.

Revers : Inscription : *Institut de France, etc.*

MOUCHON

458 — **Le Souvenir**. Frappe BA. 52 millim. × 30 millim. (*Épreuve rare.*)

Face : Une femme ailée inscrivant.

Revers : Inscription : *En souvenir et en remerciement à mes amis.*

BORREL

459 — **République Française**. Frappe B. 27 millim.

Face : Tête à droite de la République laurée.

Revers : Un cartouche, grappe de raisin, épis : légende : *Ministère de l'Agriculture.*

460 — **République Française**. Cliché BA. 27 millim.

Tête à gauche de la République.

BORREL

461 — **Colombophilie**. Cliché BA. 50 millim.

Une femme, tenant un drapeau, salue le départ d'un pigeon au-dessus d'un camp.

462 — **Centenaire de la Fondation de l'Ecole des Langues Orientales vivantes**. Frappe B. 67 millim. × 60 millim.

Face : La République enseignant à un élève les éléments des langues orientales devant un groupe d'Orientaux.

Revers : Buste de Lakanal, derrière lequel plane La Renommée; monuments orientaux.

COUDRAY

463 — **Orphée**. Frappe BA. 68 millim.

Face : Buste d'Orphée couronné de lauriers, ayant une lyre contre l'épaule.

Revers : Sur un cartouche, un génie ailé tient une trompette; un violon, laurier.

ALLAR

464 — **Société de Géographie de Marseille**. Deux clichés B. non assemblés. 68 millim.

Face : Sur un vaisseau antique, une femme examine une mappemonde et donne la direction.

Revers : Un cartouche, deux amours, un globe, guirlandes.

PILLET

465 — **Daphnis et Chloé**. Fonte B. de Liard. 198 millim. (*Très belle épreuve.*)

Daphnis, assis au pied d'un laurier, écoute les confidences de Chloé.

(*N° 47. Pl. VII.*)

466 — **Exposition de Londres, 1908**. B. 100 millim. × 73 millim.

La France et l'Angleterre, tenant leur drapeau, se serrent la main.

PILLET

467 — **Maternité.** Fonte B. de Liard. 80 millim. × 50 millim.

Une jeune femme, à mi-corps, allaitant un enfant.

468 — **Grand Cercle.** Frappe B. 70 millim. × 49 millim.

Face : Une femme tenant un caducée ; une autre femme, le pied sur une roue ailée.

Revers : Cartouche, branche de laurier.

469 — **A.-V. Cornil.** Frappe B. 65 millim. × 46 millim.

Face : Buste à gauche de M. Cornil.

Revers : Une femme assise devant un bureau chargé d'instruments.

470 — **Santos-Dumont.** Frappe B. 50 millim.

Face : En haut, buste à droite de Santos-Dumont ; au centre, inscription ; en bas, un dirigeable.

Revers : Une femme salue un dirigeable contournant la Tour Eiffel.

V. PETER

471 — **Gaston Joliet.** Fonte B. de Liard. 130 millim. (*Très belle épreuve.*)

Buste à gauche de M. Joliet.

(*N° 50. Pl. VII.*)

ROINÉ

472 — **La France invite les Nations à fêter le nouveau Siècle.** Galvano BA. 200 millim. × 115 millim. N° 13.

Grande composition allégorique représentant la France et la Ville de Paris se préparant à fêter le nouveau Siècle.

GAUVIN

473 — **Portrait d'Homme.** Fonte B. 128 millim.

Buste à droite.

BRENNER

474 — **G.-A. Lucas**. Fonte B. de Liard. 142 millim. (*Très belle épreuve.*)

Buste à droite de M. G.-A. Lucas.

(*N° 51. Pl. VIII.*)

475 — **Pianiste**. Galvano BA. 158 millim. × 156 millim.

Portrait de Jeune Femme au piano.

476 — **Société Archéologique et Numismatique de New-York**. Frappe B. 75 millim.

Face : A gauche, une femme assise ; à droite, un homme ; au centre, une femme ailée.

Revers : Inscription *To Commemorate, etc.*

477 — **Whistler**. Frappe B. 90 millim. × 65 millim. (*Rare.*)

Face : Portrait mi-corps de Whistler.

Revers : Un paon ; inscription : *Messieurs les ennemis.*

478 — **Exposition de 1900**. Frappe B. 45 millim. × 27 millim.

Face : La France reçoit les Etats-Unis au Palais de l'Exposition.

Revers : Reproduction du Monument de Lafayette.

MAC-MONNIES

479 — **Miss Robinson**. Fonte B. de Liard. 95 millim. (*Très belle épreuve.*)

Portrait de Miss Robinson à cheval.

(*N° 52. Pl. VIII.*)

480 — **Niagara**. Fonte B. de Liard. 57 millim.

Un Peau-Rouge dans une pirogue ; entourage : poissons et coquillages.

SPICER-SIMSON

481 — **Henri Frantz**. Fonte B. 90 millim.

Buste à gauche d'Henri Frantz.

(*N° 53. Pl. VIII.*)

KAUTSCH

482 — **Heinrich Heine**. Frappe BA. 75 millim. × 45 millim.

Face : Portrait à droite d'Heinrich Heine, assis.

Revers : Une femme sur des nuages apportant des couronnes.

483 — **Bosnie, Herzégovine**. Galvano BA. 100 millim. × 80 millim.

Face : La Ville de Paris recevant la Bosnie et l'Herzégovine, perspective de la ville.

Revers : Pavillon de la Bosnie à l'Exposition, branche de chêne et de laurier.

484 — **L'Italie à l'Exposition de 1900**. Galvano BA. 83 millim. × 55 millim.

Face : La France remet palme et couronne à l'Italie.

Revers : Écusson ; inscription : *Participation de l'Italie* : palmes et couronnes.

PAWLIK

485 — **Aug. R. de Lœhr**. Frappe BA. 38 millim. × 27 millim.

Portrait de Aug. R. Lœhr, buste à droite.

MARSCHALL

486 — **Josef Lewinsky**. B. 57 millim.

Face : Buste à gauche de Josef Lewinsky.

Revers : Inscription.

RODO

487 — **J.-J. Rousseau**. Frappe B. 55 millim.

Tête à gauche de J.-J. Rousseau.

SCHWARTZ

488 — **L'Élégie**. Fonte B. 195 millim. × 140 millim. (*Belle épreuve.*)

Buste à gauche d'une femme voilée; arbres dénudés.

(*N° 54. Pl. VIII.*)

489 — **La Mutualité**. Frappe B. 75 × 53 millim.

Face : Une femme, debout, remet une branche de laurier à deux ouvriers.

Revers : Un monument; deux inscriptions.

FRANGÈS

490 — **Paysan hongrois**. Frappe B. 70 millim. × 55 millim.

Au revers : Une couronne d'épis; inscription.

491 — **Le Laboureur**. Frappe B. 95 millim × 38 millim.

Face : Un laboureur conduisant une charrue attelée de deux chevaux.

Revers : Inscription; branche de peuplier.

(*N° 56. Pl. VIII.*)

492 — **Les Vignerons**. Frappe B. 60 millim. × 45 millim.

Face : Deux vignerons (homme et femme) portant leur hotte.

Revers : Inscription.

(*N° 55. Pl. VIII.*)

493 — **Le Bouvier**. Frappe BA. 50 millim.

Face : Un bouvier retenant un bœuf.

Revers : Inscription.

(*N° 57. Pl. VIII.*)

DRYEPONDT

494 — **Van Eyck et Hans Memling**. Frappe B. 65 millim.

Portraits juxtaposés.

HANS SANDREVTER

495 — **Arnold. Bocklin.** Frappe BA. 70 millim.

Portrait du Peintre.

JOINDY

496 — **La Victoire.** Galvano B. 47 millim.

Sur une mappemonde, une femme ailée tenant une palme et des fleurs.

497 — **Le Triomphe.** Galvano B. 100 millim.

La Victoire et la Renommée à droite et à gauche d'une couronne. En bas, des Amours montés sur des tritons soutenant des guirlandes.

498 — **Un Char.** Galvano B. 98 millim.

499 — **Tête de Femme,** profil à droite. Galvano B. 53 millim.

BARYE

500 — **Milon de Crotone.** Fonte B. de Liard, 70 millim. (*Très belle épreuve.*)

Un homme enserré dans les griffes d'un lion.

(*N° 44. Pl. VII.*)

NAUDÉ

501 — **République.** Tète casquée à gauche. Cliché étain. 37 millim.

La première tête de Minerve qui ait été exécutée.

LAGRANGE

502 — **Le Semeur.** Cliché étain. 50 millim.

503 — **Le Dessin.** Cliché étain. 50 millim.

504 — **Le Mineur.** Cliché BA. 41 millim.

OUDINÉ

505 — **Napoléon III**. Tête à gauche. Étain. 73 millim.

506 — **Notre-Dame de Paris**. Étain. 72 millim.
La Vierge et l'Enfant Jésus devant la façade de la Cathédrale.

507 — **Société Centrale des Architectes**. Frappe A. 45 millim.
Face : Tête de femme à gauche, couronnée d'un monument.
Revers : Gravé au nom de *Roger Marx*.

GATTEAUX

508 — **Abandon de tous les Privilèges**. Cliché A. 65 millim.
Composition représentant la séance du 4 août 1789.

509 — **Le Bon Vieillard**. Frappe B. 40 millim.
Face : Une femme couronnant un vieillard.
Revers : Inscription.

510 — **Louis XVI et Marie-Antoinette**. Frappe A. 32 millim.
Face : Bustes affrontés du Roi et de la Reine.
Revers : Une femme présentant un enfant (le Dauphin).

511 — **Le Bon Vieillard**. Frappe A. 41 millim.
Même composition qu'au n° 498.
Revers : Mariage du Dauphin et de Marie-Thérèse.

GALLE

512 — **Matthew-Boulton**. Buste à droite. Galvano B. 58 millim.

513 — **J.-J. Dupin**. Buste à droite. Galvano B. 60 milim.

514 — **Le Baptême**. Cliché étain. 50 millim.

515 — **Roxolanicus Maximus**. Cliché étain. 68 millim.
Napoléon reçoit les envoyés des coalisés.

DEPAULIS

516 — **Napoléon Ier**. Buste à droite. Cliché B. 40 millim.

BARRE

517 — **République Française**. Tête à gauche. Frappe A. 40 millim.

DEVENET

518 — **Jeanne D**. Galvano A. 250 millim × 175 millim.
Portrait de jeune femme à gauche, en costume régional.

519 — Un lot de différentes pièces, monnaies anciennes, etc.

PLATRES

A. CHARPENTIER

520 — *Portrait de Pissarro.* 180 millim. × 142 millim.

521 — *Portrait de E. de Goncourt.* 158 millim. × 101 millim.

522 — *Portrait de Séverine.* 135 millim.

523 — *Portrait de Albert Carré.* 85 millim. × 75 millim.

524 — *Portrait de Octave Maus.* 145 millim. × 122 millim.

525 — *Portrait de Me V. Maus.* 152 millim. × 120 millim.

526 — *Portrait de Femme* (à droite). 150 millim.

527 — *Portrait du Dr Potain.* 225 millim. × 170 millim.

528 — *Revers* . 229 millim. × 210 millim.

529 — *Réduction du portrait de Zola.* 33 millim.

530 — *Réduction d'un portrait d'Enfant* (Dominique). 45 millim.

531 — *Réduction du portrait de Rodolphe Darzens.* 30 millim.

532 — *Imprimerie Lemercier.* 61 millim.×45 millim.

533 — *Estampe originale.* 45 millim.×46 millim.

534 — *Joueuse de triangle.* 72 millim.×40 millim.

535 — *La Peinture.* 58 millim.×46 millim.

536 — *Chef d'orchestre.* 80 millim.×70 millim.

537 — *Faune riant.* 80 millim.×60 millim.

538 — *Médaillon ovale : Jeune Femme.* 120 millim.×65 millim.

A. CHARPENTIER

539 — *Médaillon ovale : Faune.* 90 millim.

540 — *Tuileries d'Ivry.* 100 millim. × 63 millim.

541 — *Violoniste.* 116 millim. × 95 millim.

542 — *Saint Jean-Baptiste.* 107 millim. × 75 millim.

543 — *La Fortune.* 152 millim. × 87 millim.

544 — *Naïade.* 130 millim. × 95 millim.

545 — *Portrait de François Coppée.* 95 millim.

546 — *Réduction de la Violoncelliste.* 174 millim.

547 — *Plaque de serrure : La Sculpture.* Environ 150 millim. × 82 millim.

548 — *Plaque de serrure : Violoniste.* Environ 150 millim. × 82 millim.

549 — *Plaque de serrure : Dominos.* Environ 150 millim. × 82 millim.

550 — *Plaque de serrure : Peinture.* Environ 150 millim. × 82 millim.

551 — *Plaque de serrure : Chant.* Environ 150 millim. × 82 millim.

552 — *Plaque de serrure : Echecs.* Environ 150 millim. × 82 millim.

553 — *Plaque de serrure : Echecs.* Environ 150 millim. × 82 millim (Abîmé.)

554 — *Plaque de serrure : Peinture.* Environ 150 millim. × 82 millim. (Abîmé.)

555 — *Portrait d'Emile Zola.* 187 millim.

A. CHARPENTIER

556 — *Portrait de Constantin Meunier.* 175 millim.

557 — *Danseuse* (à droite). 152 millim. × 111 millim.

558 — *Danseuse* (à gauche). 152 millim. × 111 millim.

559 — *Femme au miroir.* 215 millim. × 117 millim.

560 — *L'Etude.* (Revers du duc d'Aumale.) 222 millim. × 207 millim.

561 — *Plaque de porte : Harpiste.* 325 millim. × 72 millim. (Brisé.)

562 — *Plaque de porte : Violoncelliste.* 310 millim. × 72 millim.

563 — *Danseuse* (à droite). 370 millim. × 245 millim.

564 — *Le Dessin.* 260 millim. × 182 millim.

565 — *Nymphe au rocher.* 232 millim. × 155 millim.

566 — *Joueuse de violoncelle.* 350 millim. × 320 millim.

DESBOIS

567 — *Sirène.* 239 millim. × 239 millim.

568 — *Modèle pour un cachet.* 220 millim. × 135 millim.

569 — *Plat : Centaure.* 340 millim.

570 — *Plat : Quatre sirènes.* 280 millim.

571 — *Plat : La Sirène* (de dos). 280 millim.

CARABIN

572 — *Femme découvrant une statuette.* 230 millim. × 90 millim.

573 — *Modèle pour la Médaille du Journal.* 255 millim.

574 — *Deux Menus forme palette* (Un recollé). 180 millim. haut.

CHAPU

575 — *Portrait d'Enfant.* 277 millim.

576 — *Robert-Fleury.* 160 millim.

ROCHE

577 — *Centauresse.* 214 millim. × 214 millim.

DEVENET

578 — *Femme en costume régional.* 250 millim. × 170 millim

LEGASTELOIS

579 — *Portrait de Femme âgée.* 85 millim. × 59 millim.

580 — *Portrait d'une Artiste peintre.* 90 millim. × 65 millim.

A.-J. GARDET

581 — *Portrait de Patricot.* 80 millim.

A.-J. GARDET

582 — *Portrait de Me Trubert.* 205 millim. × 120 millim.

583 — *Portrait de Me Hébert.* 198 millim. × 116 millim.

584 — *Portrait de la Comtesse de Chambrun.* 215 millim. × 135 millim.

MICHEL

585 — *Bouton de porte : L'Étreinte.*

CROCÉ-LANCELOT

586 — *Portrait de Adolphe Pinard.* 204 millim × 135 millim.

587 — *Portrait de Madame la Comtesse de Vogüé.* 204 millim. × 135 millim.

www.ingramcontent.com/pod-product-compliance
Ingram Content Group UK Ltd.
Pitfield, Milton Keynes, MK11 3LW, UK
UKHW020944180726
13838UKWH00003B/1110